Are we not men?

H. G. Wells, *The Island of Doctor Moreau*

Rita Indiana
NOMBRES Y ANIMALES

EDITORIAL PERIFÉRICA

PRIMERA EDICIÓN: octubre de 2013
PRIMERA REIMPRESIÓN: julio de 2014
SEGUNDA REIMPRESIÓN: diciembre de 2016

© Rita Indiana Hernández, 2013
© de esta edición, Editorial Periférica, 2013
Apartado de Correos 293. Cáceres 10.001
info@editorialperiferica.com
www.editorialperiferica.com

ISBN: 978-84-92865-80-2
DEPÓSITO LEGAL: CC-210-2013
IMPRESO EN ESPAÑA – PRINTED IN SPAIN

I

What was that thing that came after me?

Los gatos no tienen nombres, eso lo sabe todo el mundo. A los perros, sin embargo, cualquier cosa les queda bien, uno tira una o dos sílabas y se les quedan pegadas con velcro: Wally, Furia, Pelusa, etc. El problema es que sin un nombre los gatos no responden, ¿y para qué quiere uno un animal que no viene cuando lo llaman? Mucha gente se conforma, dicen Aníbal, Abril, Pelusa, etc. y los nombres rebotan como el agua sobre los pelos de gato. Dicen Merlín, Alba, Jesús y los gatos, como si no fuera con ellos, van a lamerse el culo en la dirección opuesta. Cualquiera se tira de un puente.

Abro la puerta y en el aire siento el golpe de cloro con el que repasan los pisos y paredes de este lugar, como todas la mañanas recorro las salas abriendo las ventanas y en mi mente comienzo a darle vueltas en una tómbola a todos los nombres que he escrito en mi libretita durante la noche anterior.

Atila
Cianuro
Picasso
Arepa
Meter
Peter
Alcanfor
Meca
Rómulo
Liliput
Goliat
Kayuco
Kawasaki
Meneo
Bambi
Burbuja
Abu
Amadeus
Danny
Núcleo

Apuesto a que esa *c* con *a* de meca y esa *c* con *l* de núcleo van a quedarse enganchadas del pellejo del animal como anzuelos. Las persianas del sótano están oxidadas y la manivela tarda un poco en ceder, cuando finalmente entra un rayo que ilumina desde la pileta de bañar a los perros hasta la jaula más grande, donde cabría un san bernardo, una bolita surge de la tómbola hacia mi boca con el nombre ganador.

Y allí está el gato, acostado en uno de los peldaños de la escalera del sótano; es junio y lo único fresco en toda la República son los pisos de granito. Antes de que me mire digo el nombre que he elegido, pero se queda allí con esa respiración regular e imperceptible tan común en las figuras de cerámica barata. Tirarle el nombre ahora ha sido un desperdicio, sabiendo como sé que la cerámica es aún más resistente a los nombres que los gatos. Subo espantando al gato con mis zancadas hacia la recepción, tanteando mis opciones para el almuerzo: albóndigas o chuletas, halo la silla para sentarme y allí, sobre el escritorio, encuentro un conejo muerto.

«¿Qué es esta vaina?», pregunté con el volumen de mi voz desajustado, mirando el blanquísimo conejo que alguien, que recién captaba con el rabillo del ojo, había colocado frente a mi silla. El pegote en la esquina de la sala de espera se convertía en persona y se acercaba, supe que tendría que levantar la vista del conejo e hice un rápido inventario: dos canicas de sangre donde van los ojos y una patita tiesa como en esas fotos en las que un jugador de fútbol intenta alcanzar la bola estirando la pierna entre los tobillos de otro sin éxito. «Es mío», dice un hombre joven con la piel de la cara llena de marcas, la camisa polo azul clarito y el pelo como baba. Se me ocurre saludar, pero me tardo demasiado y él comienza a decirme: «se me están muriendo como cosa loca, yo creo que quieren hacerme daño, tú sabes, los vecinos envidiosos». Me introduce en el mundo de sus vecinos envenenadores y hallo tiempo para concentrarme en su piel llena de cráteres donde pueden, como en las nubes, encontrarse formas divertidas, chuchutrenes y tribilines que el acné fue dibujando con la ayuda de dos manos nerviosas que extirpaban antes de tiempo cualquier cosa que creciera sobre la superficie del planeta. Sacude al animal y me dice: «necesito que me le hagan una autopsia». Toma aire y se sienta en una de las butacas de la sala de espera, el conejo en una mano sobre la pierna y en la otra mano un encendedor. Imagino que quiere fumar y le doy permiso ofreciéndole un cenicero en forma de media bola de basketball que Tío Fin trajo porque, según él, combinaría de maravilla con la fibra de vidrio naranja de las butacas.

Suena el teléfono y es una mujer. Quiere saber sobre las tarifas de estadía. Se va a Miami a hacerse una cirugía y necesita dejar a su perro en el hospital varias noches. Mientras me da detalles sobre el costo de su operación, razón más que suficiente, según ella, para que le rebajásemos el precio, me fijo en los filos del pantalón del muchacho. En un segundo calculé el miedo o el amor que había detrás de aquella plancha, pero sobre todo el tiempo que alguien dedicaba a aquellos y a muchos otros pantalones convirtiendo el kaki en acero.

Tan pronto se me terminó la conversación con la señora de la cirugía saqué la guía telefónica detrás de un número que puede estar entre las letras P, J o W. Este truco para matar el tiempo no me lo ha enseñado nadie y es muy efectivo, sobre todo cuando uno no quiere bregar con dueños de enfermos terminales y más aún cuando el único paciente posible está muerto. Espero a que quien levante el teléfono cuelgue y es entonces cuando empiezo a mover la boca. «Buenas, le hablamos del hospital veterinario Doctor Fin Brea para informarle de que ya puede venir a recoger a Canquiña.» Durante un cuarto de hora comparto con el inexistente dueño de Canquiña anécdotas sobre el buen comportamiento de la perra, la dieta de bolitas orgánicas que le habíamos suministrado, los comentarios del doctor sobre la inteligencia y el carácter de Canquiña, la vaguada que azotó la costa este de la isla la semana pasada y el precio de los artículos de primera necesidad. Cuando el tema comenzó a oscilar entre Canquiña y la momia hermafrodita en el último número de la revista *National Geographic*, la camioneta de Tío Fin se detuvo frente a la clínica.

Colgué y avisé al loco: «llegó el doctor».

Los pantalones de Tío Fin también tienen filos, pero son tan viejos que el filo está grabado en ellos y Armenia, la mujer que trabaja en casa de Tío Fin, ni tiene que plancharlos. Estos filos permanecen sin mucho trabajo, con sólo colgarlos en el clóset respetando el filo o lo que queda de él se mantienen, gracias a que otra Armenia de nombre Bélgica, Telma o Calvina los planchó a dos centavos la libra durante los años que Tío Fin duró para graduarse. Si fuera por Tía Celia, los pantalones estarían en la basura hace tiempo, y cuando lo ve salir con ellos puestos le grita por el pasillo: «¡coño Fin, ¿cuándo es que tú vas a soltar esos malditos pantalones de cuando tú'taba etudiando?!». Pero Tío Fin sigue caminando como un camello tierno, arrastrando los mismos zapatos de gamuza y los lentes de sol Ray-Ban con los vidrios verde oliva con que aparece en la foto de mi primer cumpleaños.

Tío Fin lleva al conejo y a su dueño al consultorio, coloca al primero sobre la camilla de acero inoxidable y junta la puerta. Es entonces cuando vuelvo a pensar en el gato y digo en mi mente el nombre que tenía bajo la manga, «núcleo». Como un resorte da un brinco y se trepa al escritorio, oliendo el frío residuo del roedor envenenado. Se acerca más a mi cara, estrujando su cabezota en mi barbilla. Por un momento creo ver el milagro ejecutado, el gato ha respondido a mi llamado telepático, lo llevo de nuevo hasta la escalera y colocándome detrás del escritorio, repito en mi mente la palabra mágica, pero esta vez ni me mira, comienza a subir la escalera lentamente y desaparece.

Así llevamos un mes. Todos los días, después de cerrar la clínica, camino hasta la casa acumulando nombres, cuando ya estoy allí los apunto todos y añado unos cuantos más. A veces cuando me voy a la cama el zumbido de todos esos nombres, susurrados por una voz que no es la mía, me mece como en la panza de un gran barco. Cuando cierro los ojos el susurro se hace más fuerte y dibuja figuras geométricas en el interior de mis párpados. Así hasta que me quedo dormida y sueño que he encontrado el nombre, pero el gato ha muerto o desaparecido y yo ando por una calle muy agitada, buscando un supermercado donde el nombre del gato pueda ser canjeado por una vajilla de cuarenta y cuatro piezas.

El viento abre la puerta del consultorio y sin estirar el cuello puedo ver a Tío Fin sentado detrás de su escritorio, el dueño del conejo frente a él, demasiado cómodo en su silla, con un pie sobre la rodilla izquierda. Tío Fin junta el pulgar y el índice en el asa de una taza imaginaria y se la lleva a los labios queriendo decir haz café. Voy a la cocinita y abro la cafetera, descubro que en el fin de semana de agua y oscuridad se ha desarrollado una película de hongos en el fondo, blancos filamentos por todo el metal del interior cuya resistencia compruebo al tratar de fregarla con un brillo verde. La relleno de agua y coloco la parrilla para el polvo. Cuando enciendo la estufita eléctrica comienzo a pensar en el gato otra vez y me pregunto si será sordo, si no responde a mis nombres porque no puede oírlos. El café sube y el olor llega hasta la calle, coloco las tazas, el azúcar y la Cremora en una bandeja de plástico verde que Tío Fin compró por diez pesos porque pegaba con el verde institución de las paredes. Empujo la puerta con la cadera y encuentro a Tío Fin de pie junto a la camilla metálica, situado justo a la mitad de la misma con el conejo levantado en el aire, como si quisiera quemarlo con la luz de la lámpara blanca que tiene encima. Yo he visto esto antes y no sé dónde, entonces me doy cuenta de que el dueño se ha ido y pongo la bandeja en la camilla, echo azúcar para Tío Fin y para mí en las pequeñas tazas de florecitas azules, remuevo y espero a que él ponga al muerto en su sitio para levantar la mía. Entonces Tío Fin da los dos pasos hacia el teléfono y marca un número de memoria, dice: «aló, Bienvenido, ¿eres tú?».

Bienvenido es el mejor amigo de Tío Fin. Ellos compraron un velero juntos cuando todavía tenían pelo en la cabeza y todas las muchachas querían subirse a ese velero. Hay muchas fotos para comprobarlo, lo de los pelos, el velero y las muchachas, y todas están en casa de mi abuela en una caja de metal con llave para que Tía Celia no las coja y las bote en la basura, adonde pertenecen. Bienvenido es además el único veterinario forense graduado del país, cosa que en boca de Tío Fin suena como si estuviera diciendo el único hombre que puede abrir una botella con el culo.

Tío Fin tranca el teléfono y no he terminado de escuchar su voz en mi mente diciendo «el único veterinario forense del país» cuando deja caer, muy espontáneo, que Bienvenido está de camino para bregar con el conejo, ya que es el único veterinario forense del país. Luego se toma su café despacio y añade que «en un país como éste, en el que los animales no tienen derechos y las gentes son animales, ¿de qué sirve un veterinario forense? Si fuera en Estados Unidos sería otra cosa, allá sí que saben apreciar a un profesional». De inmediato imagino a Bienvenido en una serie del cable, recogiendo con una espátula milimétrica pequeños residuos de semen humano del cuerpo inerte de una tortuga hallada en el sótano de una discoteca. Para cuando

Bienvenido llega unos minutos más tarde, mi opinión sobre él ha cambiado totalmente, hasta me parece más inteligente. La arruga que siempre tiene en la frente es ahora la marca de un hombre con una misión: resolver un crimen. Cuando entra en la clínica me levanto y le ofrezco agua, café, un churro y a todo me dice que no, poniéndose unos guantes de goma que Tío Fin le ofrece a manera de saludo; entran los dos al consultorio y cierran la puerta con seguro. Era extraño pensar que allá adentro había dos hombres muy altos, con guantes y mascarillas buscando en el interior del conejo muerto las huellas de un grupo de vecinos envidiosos armados con cianuro o Tres Pasitos. Afuera sonaba el radito, un aparato del año uno que Tío Fin puso a mi disposición el primer día que vine. Yo le propuse traer mi Discman, traer mis audífonos y mis CDS. «¿Y cómo vas a oír el teléfono?», me dijo, «¿y cómo vas a oírme a mí cuando te llame?». «Realmente», me dijo, «el radio es para los pacientes y sus dueños, pon Clásica Radio que ahí ponen música relajante, música buena para un hospital.»

Frente al escritorio hay una puerta de vidrio por la que se ve la avenida Rómulo Betancourt; es una avenida más bien fea, como son casi todas las ave-

nidas de esta ciudad. La puerta permanece abierta
el día entero para que entre aire, pues aunque tenemos dos abanicos encendidos el calor se concentra
y hasta las fotos de perras paridas con que hemos
decorado comienzan a sudar. Lo único es que Tío
Fin me ha pedido que cuando vaya al baño cierre
la puerta del frente con seguro, cosa que a veces
hago y a veces no. Tío Fin lo dice porque un día se
metieron unos ladrones y se llevaron toda la mer-
cancía para perros que encontraron en la sala de
espera, champús, correas y juguetes para mascotas
más que nada, chucherías que tenía Tío Fin para
que los dueños compraran si querían. Aunque él
no me lo diga, yo sé que Tío Fin sospecha de Cutty,
el hijo de la mujer de la casa de al lado. Cutty es
difícil y dice muchas palabras similares a «mama-
ñema» en cada oración, tiene unos brazos muscu-
losos que a mí la verdad me gustaría tener y en uno
se ha tatuado con una máquina de hacer tatuajes
hecha en casa un dragón chino color rojo sangre.
Cutty es muy compacto y cuando digo compacto
me refiero a que toda la ropa que se pone parece
ser parte de él. Es como si él siempre estuviera desnudo, porque los jeans, el t-shirt y las chanclas de
goma que siempre tiene puestas parecen haber venido con él.

Si Tío Fin esta aquí (Cutty lo sabe porque ha visto la camioneta) Cutty viene y hace unas preguntas que ha estado planeando toda la tarde para tener algo que decir al llegar y habla muy fuerte con una voz que hace que los choferes que cruzan la avenida volteen la cabeza. A Tío Fin se le pone la carne de gallina, sale a la sala de espera y le hace un chiste tonto. Cutty entonces se ríe de una manera que hace que Tío Fin se arrepienta de haberle hecho el chiste y de haber estudiado veterinaria. Luego Cutty nos cuenta de un chef italiano que vive en San Cristóbal que tiene las luces que le faltan a su Vespa y de cómo estas luces y este italiano son los únicos en el país. Cutty está reconstruyendo esta Vespa desde hace un año, cuando encontró el cascarón oxidado cerca del 28, a la vuelta de visitar a su mamá en el manicomio. Tío Fin, que ha visto la Vespa y también a la mamá de Cutty, se mete la mano en el bolsillo y saca cincuenta pesos. «¿Con eso te da?», le pregunta, y Cutty, sin mirar a Tío Fin a la cara, dice «vamo a ve» y sale corriendo como loco no sin antes escupir en la acera.

Si Tío Fin no está, Cutty entra en la sala, se dobla sobre el escritorio hasta que el olor a queso frito en aceite de motor que sale de su boca y yo somos una sola cosa. Si está contento porque ha conseguido una bujía o una tuerca milenaria me cuenta una película de muertos y se agarra la bolsa, dando brinquitos al ritmo de la implosión de su risa, celebrándose como un bebé al que unas manos invisibles zarandean alzándolo por debajo de las axilas. Si hace calor y la Vespa no tiene futuro, se sienta sobre el escritorio y pone un pie sobre cada brazo de mi asiento, se abre el zipper y se saca un pene rosado del largo de un lapicero Paper Mate. Yo me quedo muy tranquila porque la verdad no sé qué hacer mientras él echa un vistazo hacia atrás para comprobar que no viene nadie con un movimiento de cuello muy rápido, tan rápido que por un momento Cutty no tiene cabeza. «Mira», me dice, moviendo su mano hacia arriba y hacia abajo, y me golpea la mejilla con la punta y pienso que si yo abriera la boca y la mordiera mis dientes se quedarían marcados como en una goma de borrar. Luego, casi siempre, Cutty se cierra el zipper, se ríe y se va y el aire se queda hecho sopa. Yo entonces me voy al baño y me hago una paja detrás de la otra pensando que he dejado la puerta sin seguro y que los ladrones a su regreso van a darse cuenta de que en esta clínica no hay nada que valga la pena robar.

Tío Fin y Bienvenido abren la puerta y salen quitándose los guantes; los dos están sudados y parecen haber visto un fantasma. Bajo el volumen del radio para poder oír lo que dicen pero ninguno dice nada. Entran muy juntos al baño y los imagino compartiendo la pastilla de jabón para lavarse las manos, las muñecas, los antebrazos, como hacen los doctores en las películas. Bienvenido sale primero y dice que tiene que ir a resolver un asunto, y lo dice como si el asunto, en vez de un picapollo con plátanos fritos para su esposa, fuese un caballo con los ojos sacados en el parque Independencia. De mí ni se despide y de Tío Fin apenas, se quita la bata sucia que trajo en una funda y se mete en un Mitsubishi Lancer del 79.

Bienvenido arranca y yo le pregunto a Tío Fin por el conejo. Él me acerca un frasco de mayonesa a la cara. El frasco es uno de tantos que Tío Fin trae de su casa para reciclar. Por lo general yo misma les quito el olor a pepinillos o Cheese Whiz con un estropajo para que Tío Fin los llene de mierda de perro o, como en este caso, coloque dentro una bola de pelo, porque eso encontraron en el estómago del conejo: una bola de pelo maciza de un gris brillante, tan perfecta que daba ganas de ponerla en un árbol de navidad. Al ver aquella perla peluda detrás del vidrio recordé la excursión que habíamos hecho antes de que acabara el año escolar al Museo del Hombre Dominicano, donde los trigonolitos y las espátulas de los arawacos palidecían bajo luces artificiales. El guía del museo, recién convertido a Testigo de Jehová, nos explicó en voz baja que los taínos estaban atrapados en una fantasía satánica como también lo estaban los españoles que venían supuestamente en nombre de Dios, y cuando llegamos al diorama de la pesca y la caza aprovechó para vendernos un par de revistas *Atalaya* y *¡Despertad!*

«Los conejos no vomitan, por eso hay que darles mucha fibra», me dice Tío Fin sonriendo, «para que puedan deshacerse de todos esos pelos que se tragan». Ahora está listo para salir y se arremanga hasta por encima de los codos. Está claro que no va a atender a ningún otro animal esta mañana. Se monta en la camioneta y arranca, pero antes de avanzar tres metros viene de reversa y me grita desde la calle: «¡si llama el dueño del conejo no le digas nada, si le decimos la verdad no va a venir a pagar!».

Cuando Tío Fin se ha ido y estoy sola en el hospital, quiero decir, sola con el gato, abro la libreta donde a veces dejo algunos nombres en remojo. Si ya los he gastado todos, apunto unos cuantos más. La libretita está siempre muy cerca de mí y los bordes de las páginas están llenos de garabatos que dibujo cuando hablo por teléfono que es casi todo el tiempo que no paso buscando nombres. A veces llaman amigos de Tío Fin, amigos míos o los dueños de los pacientes, pero la mayoría de las veces quien llama es Tía Celia.

Tía Celia es la esposa de Tío Fin y es, como quien dice, la dueña del hospital, porque ella lo construyó con su dinero y eso se lo recuerda a todo el mundo, todo el tiempo. Mi mamá dice que lo que pasa con Tía Celia es que nunca pudo tener hijos y toda la energía que debió poner en criar y parir la pone en joder a la humanidad. Yo que casi nunca estoy de acuerdo con mi mamá, estoy muy de acuerdo cuando ella dice «joder a la humanidad» y hasta creo que Tía Celia por la noche cuando se acuesta ve letreros en neón en su mente que dicen «joder a la humanidad» y creo que hasta le gustan.

En lo que respecta al hospital, Tía Celia quiere saberlo todo y para eso tengo otra libreta en la que apunto cada movimiento del doctor, a qué hora tomó el café y con cuánta azúcar, por ejemplo, y si me fuera posible comprobarlo, la cantidad de papel de inodoro que usa cada vez que va al baño. Esto es en serio y por cada página de la libreta Tía Celia me da veinte pesos o una entrada al cine, que es la misma cosa. Lo que Tía Celia no sabe es que yo en la libreta pongo lo que me da la gana y un día de éstos si me jode mucho se lo digo a Tío Fin porque Tío Fin también me da dinero, además del salario con el que me pagan las diez horas que me paso en este hoyo, dizque porque hay que aprender a trabajar.

La idea no fue de ellos sino de mi mamá y mi papá, con las maletas hechas para su segunda luna de miel. A mí no me dijeron nada hasta una semana antes de irse, cuando encontré cinco conjuntos idénticos de bermudas y chaqueta (lima, salmón, rosado, azul cielo y lila) en el asiento trasero del carro de mami junto con un brochure que decía SEVILLA 92. Para entonces mi papá ya se había memorizado las rutas y los nombres de cada uno de los monumentos que iban a visitar y en su cabeza todo el mundo en Grecia hablaba español y él por supuesto allá como aquí hablaría hasta por los codos y se sentiría complacido en ilustrar a todo el que se le acercara sobre la plaga de la mosquita blanca, dónde estaba él cuando mataron a Trujillo y el gemelo que se le murió al nacer.

Lo peor no es el trabajo, pues Tío Fin y yo nos llevamos muy bien. Lo peor es que el mamagüevo de Mandy se queda sólo con la casa y a mí que me lleve el diablo, o sea, Tía Celia. Mami trató de explicarme que porque Mandy se acababa de graduar del bachillerato y se iba del país al final del verano a estudiar en Miami, ellos entendían que él necesitaba tiempo y espacio para despedirse de sus amigos. Mandy es el favorito de mami, y aunque no es hijo de papi, él también lo prefiere. Mami le puso Armando José por una telenovela que veía cuando estaba embarazada y le salió igualito que el galán, dice ella, y cuando lo dice pueden verse residuos de mazorca de maíz entre sus dientes. Cuando este tipo de cosa pasa, a mí me da un chin de miedo, o sea, cuando la gente se convierte en otra gente. No es que se disfracen ni nada, a veces basta con que enciendan la lámpara de la mesita en vez de la del techo para que pasen de ser el señor que vino a instalar el cable a ser Amanda Miguel. Mandy por ejemplo, con tanto músculo y tanto cabello, sale del baño recién afeitado y con la toalla amarrada a la cintura, yo lo miro desde el pasillo y entiendo lo que piensa un bistec: me van a comer si no salgo corriendo, por eso Mandy siempre tiene las rodillas flexionadas como si estuviera en una cancha de voleibol.

Cuando mami terminó el discurso sobre lo que se podía y no se podía hacer en casa de Tía Celia me hizo poner en la maleta sólo la ropa que ella consideraba apropiada para una «niña que ya va a empezar a trabajar» y me hizo dejar todos mis t-shirts y jeans en el clóset. «Te va a hacer bien vestirte diferente, salir de la rutina», me puso en un taxi, le pagó al taxista y prometió llamarme del aeropuerto para despedirse.

2

I could see the Thing rather more distinctly now.
It was no animal, for it stood erect.

Cuando Mauricio llegó a la casa no se llamaba así. Así le pusieron porque según doña Moni con ese pelo y ese porte ya desde los dos meses se parecía a Mauricio Garcés, un actor que, decía ella, tenía mucho sex appeal. Se lo trajo de regalo a Palola, la hija de doña Moni, un novio argentino que le duró a Palola lo que duró Palola en encontrarse un italiano.

Mauricio al principio era chiquito y dormía donde le cogía la noche, en la cama de doña Moni, encima de la mesa del comedor o en el tupido nido de sábanas recién lavadas del clóset de la ropa blanca. Mauricio, casi como un gato, se pasaba el día durmiendo, y cuando no estaba durmiendo estaba o comiendo o mirando un punto fijo en la pared. A doña Moni esto le parecía encantador y aunque el perro técnicamente era de Palola, esos primeros meses ella cogió a Mauricio para ella, alimentándolo, llamándolo «cosa bella», acariciándolo día y noche, encontrando en aquel ejercicio una serenidad tan grande que se preguntaba si no se estaría volviendo loca.

Pero Mauricio, como todo pastor alemán, comenzó a crecer y con el tamaño adquirió una súbita torpeza que le hacia llevarse de camino lámparas y botellas, jarrones y abanicos de pedestal. Las lluvias de marzo cocinaron un lodo perfecto que Mauricio iba a recoger entre las patas para venir corriendo hasta la habitación de doña Moni e imprimir con sus huellas todas las alfombras y las almohadas. A doña Moni este jueguito no le hizo ninguna gracia y de repente se acordó de que el perro no era de ella, recordando también que tenía una hija, y así sucesivamente. Palola dijo que cuando ella pariera se ocuparía de limpiar mierda y esto se lo dijo por el teléfono a no sé quién mientras sacaba a Mauricio al callejón, cuya única conexión con la casa era una puerta de hierro que daba a la cocina, puerta que desde ese momento permanecería cerrada, pues la comida le podía ser suministrada al perro a través de los barrotes.

Aquella primera noche Mauricio pensó que estaban jugando con él y que si él adivinaba cuál era el fin de este juego alguien vendría, abriría la puerta y lo dejaría entrar a la casa para acomodarse en la cama de doña Moni o en cualquier otro lugar, incluso allí mismo en el piso de la cocina. Dio saltos, corrió de un lado a otro, colocó las dos patotas en la puerta de hierro, ladró feliz, luego ladró fingiendo estar enojado como a veces hacía cuando doña Moni jugaba «perro bravo» gruñendo para que él le respondiera. Así la noche entera. Cuando salió el sol y alguien vino a prepararse café, él estaba tan cansado que ni movió la cola. Palola lo miró desde la estufa y le dijo: «sigue ahí, jugando con tierra». Él se acordó de Palola y se incorporó listo para estar allí con Palola, poner sus dos patas en el pecho de Palola, mover las patas a toda velocidad hasta que los olores a alcanfor, Anais Anais, trementina, cloro, cedro, mimbre, gamuza con moho, restos de una salsa curry que se derramó hace tres años en el pasillo y licra que provenían del cuarto de Moni, y que Mauricio reconocía con claridad, se le metieran dentro. Pero esa

27

cosa que estaba entre él y Palola seguía allí y seguiría allí para siempre.

De vez en cuando la señora que venía a limpiar abría la puerta, pero antes de que Mauricio se diera cuenta, ella ya estaba afuera con una manguera a presión y una botella de shampoo restregándolo y enjuagándolo, y la puerta, vista desde los ojos jabonosos del perro, allá al fondo, otra vez cerrada. De vez en cuando un vientecillo arrastraba partículas del cuarto de doña Moni hasta su hocico iluminándole la noche a Mauricio, y ni los gatos ni las ratas, ni la lluvia ni el piso de concreto le amargaban ese gustico.

Con el tiempo Mauricio encontró el triángulo de sombra que un vértice de la casa proyectaba en el callejón al mediodía, donde una película de musgo hacía más suave el cemento y aprendió a lamer manos y caras a través de los hierros del portón, su lengua se hizo más larga y sus reflejos más precisos. Los domingos doña Moni recibía familiares y amigos y cocinaba para todo el mundo, a media tarde una lluvia de muslos de pollo a medio comer le caían a Mauricio en la cabeza, y él, si venían directamente de la mano de doña Moni, movía el rabo

28

frenético, feliz con el olor de su amor en aquellos huesos, triturando con los ojos bien abiertos hasta el tuétano.

Un domingo de ésos doña Moni le trajo un sobrinito de dos años a la puerta, «mira, perrito», Mauricio vio aquella cosita que había estado durmiendo en la cama de Moni, con las sábanas de Moni, en el cuarto de Moni, y Mauricio en un segundo olió a Moni y en Moni el perfume y en el perfume químicos como arañitas de hierro diciendo «fuá», y debajo del perfume el sudor de Moni, capas y capas de rastros de lociones, jabones y sudores ajenos que ni el agua ni el ácido de batería arrancan de la piel, picapollo, wasakaka, ajo, pimienta, enemocada, yuca con cebollita, envases de foam, fábrica de foam, sillas de plástico, marquesinas con grasa, el algodón, el detergente con que se lavó el t-shirt, la mano de Mela, la lavandera de Moca, tierra negra, lombrices de tierra, Moca, leche, tetera de goma, leche cortada, leche empegotada, azúcar, olor a hormiga, olor a aceite y talco y el olor de una encía nueva por donde empieza a salir un diente, y cada olor era un rascacielos en la nariz de Mauricio y encima del olor a gente, del olor a niño y a Moni, estaba el olor a óxido de hierro de la puerta, el olor a cemento de la casa y el olor de todos los trabajadores haitianos que un día la levantaron, el humo de la calle y los vecinos con el café puesto, la tinta negra de los periódicos que había en el suelo de la cocina, las veintitrés medicinas que Moni tenía en el botiquín del baño y allá al fondo de todas las cosas, la mancha de curry en el pasillo.

Cuando Mauricio llegó al hospital ya el papá del niño le había reventado un ojo y doña Moni le había sellado la boca con una tira de tape. Imaginé una pelea con otro perro o un camión a toda velocidad por la avenida Las Américas, le avisé a Tío Fin y él abrió la puerta para que lo colocaran sobre la camilla. Doña Moni estaba lista para ir al trabajo, conjunto sastre tipo Jackie Onassis con sobrepeso y un moño con mucho spray y muchos pinchos. Imaginé un banco donde entró de cajera y terminó de gerente, igual que mami, o una compañía de seguros en bancarrota. Salió del consultorio de Tío Fin y se recostó sobre mi escritorio para hacer un cheque, me lo entregó y se fue.

Cuando los dueños de los animales se van Tío Fin siempre tiene algo que decir y yo corro hasta su consultorio para escucharlo. La mayoría de las veces son chistes tontos que nos hacen reír un ratito, pero esta vez Tío Fin no dijo nada. Por lo menos por un buen rato. Se quedó fumando sentado en su sillón con los zapatos de gamuza sobre el escritorio.

«¿Qué le pasó?», le pregunté.

«Mordió a alguien.»

«¿Y qué va a pasar?»

«Ya no lo quieren, ve y búscate unos mangos.»

3

He says nothing, said the Satyr. Men have voices.

A mi abuela se le cruzan los cables.

Esto viene de lejos, yo creo que desde siempre, pero ahora que cumplió los ochenta como que se nota más.

A mí no me gusta cuando mi mamá se enoja porque mi abuela la llama tres veces seguidas para contarle el mismo cuento de un travesti que le tocó la puerta para pedirle trabajo como cocinera o de unos perros que vienen a sentársele en el frente de la casa y que ella espanta con una olla de agua fría. Primero porque a la abuela le pasan tan pocas cosas recientemente que es normal que las cuente una y otra vez. Lo otro es que la abuela cuando hace el cuento del travesti lo goza tanto, porque no se acuerda que ya te lo contó, que es, por lo menos

2

para mí, como si me lo contara por primera vez, eso sin añadir que cada vez que lo cuenta el travesti tiene algo nuevo, y ese algo, un pañuelo, una voz de ultratumba, unas medias de nylon por donde se cuelan pelos de medio centímetro de diámetro, hace que a la abuelita se le iluminen los ojos, y si uno tiene suerte, ella hasta hace la señal de la cruz, riéndose.

En la primera versión ella está recostada, porque la abuela nunca está acostada sino recostada, cuando ve una mano de hombre que entra por la ventana. Son las tres de la tarde y la mano le ha amargado la siesta, la abuela se levanta y dice: «¿quién es?». Y una voz de hombre le responde: «Ramona». Luego ella corre a despertar a mi abuelo, que también está siempre recostado y él se levanta y encuentra con la mano pesada un martillo que tiene debajo de la cama junto a la bacinilla y con el que ha matado para la gloria de no se sabe qué santo más de siete ratas preñadas.

La abuela se le engancha del codo y él se engancha de su andador y van los dos a dos pasos por minuto arrastrando las pantuflas hasta la puerta, lo que quiere decir que les toma su buena hora y media llegar hasta donde está Ramona, preciosa, tocando el timbre como si la luz eléctrica no costara dinero. El timbre de la casa de la abuela es otro tema y yo creo que es parte del problema, es un ding dong que sólo se encuentra en telenovelas, en baladas de los setenta y en la casa de mi abuela, que es como decir que el timbre es casi imaginario o que es el último timbre que queda en toda la República con ese sonido, y para probarlo sólo hay que ir conmigo (como hice una tarde) tocando todos los timbres del vecindario y escuchar el *brrrrr*, el *buzzzz* o el *bidididi*.

Cuando los viejos llegan a la puerta están listos para cualquier cosa. Desde que unos ladrones se metieron en la casa de al lado para robarse un radito de pilas y dejaron al señor que cuidaba amarrado a una silla y con el cerebro afuera, los viejos están listos para cualquier cosa. Por eso cierran las puertas de madera que dan a la galería día y noche, abriéndolas cuando vengo yo o cuando viene algún vecino con el teléfono cortado a hacer una llamada.

Mi abuelo ya tiene levantado el martillo cuando mi abuela abre la puerta, Ramona se presenta y dice que sabe lavar, planchar y cocinar, tiene experiencia y se sabe todas las canciones de Marisela. Mi abuela habla entonces con una voz que oyó una vez en alguna emisora de radio en los años 30 y le dice que no necesitan una sirvienta, que ya están viejos y despacharon a las que tenían, que ahora comen de cantina, una comida desabrida y que llega cada vez más tarde, que mis hijos vienen a vernos y nos traen empanadas y helado de ron con pasas.

Cuando al abuelo el brazo con el martillo se le cansa, sale de atrás de la puerta para encontrar a su esposa recostada de la puerta contándole a Ramona el cuento de cuando ella vio unos submarinos alemanes en la Romana, y Ramona, que tiene tiempo para escuchar el cuento tres, cuatro, cinco veces, se sienta encima de una maleta color carne con las piernas cruzadas y va añadiendo detalles a la historia. Cuando la abuela le dice que ella vivía en un ingenio azucarero, Ramona dice: «como una princesa». Cuando la abuela dice que el ingenio estaba cerca de la playa, Ramona dice: «como en una película». Cuando la abuela le dice que ella tenía un caballo, Ramona dice: «fabulosa». Cuando la abuela entra en detalles sobre el vestido de organdí y las botitas de charol, Ramona dice: «con bucles de agua de azúcar y camomila», y cuando la abuela se da cuenta de que el abuelo está de pie junto a ella con un martillo colgándole de la mano, no lo ve a él sino a Felina, la negrita que llegó al ingenio cuando ella tenía tres años y que sus papás criaron «como a otra hija», y le dice: «ve, cuélate un cafecito, ¿no ves que tenemos visita?».

El viejo emprende el largo camino a la cocina, a tres milímetros la hora, lo que quiere decir que en lo que llega a la cocina la abuela ya ha terminado el cuento de los submarinos y ha comenzado el cuento de los submarinos, y para cuando el abuelo ha vuelto, con una bandeja con café y galletitas de soda con mantequilla, Ramona ya sabe por qué el segundo hijo de la abuela se llama Fin y dónde estaba mi papá cuando mataron a Trujillo.

En la segunda versión del cuento del travesti el abuelo no aparece sino hasta al final o está tan enfermo que no puede levantarse y mi abuela se la bandea sola en medio de la oscuridad, porque esta vez es de noche y hay un apagón del carajo y lo que la despierta es una voz igualita a la de su madre, o sea mi bisabuela, diciéndole que juegue el 14 o el 78 o el 36. Mi abuela dice que cuando oyó la voz se puso a llorar y a decir «ay, mamá, es como si estuvieras viva», y que al decir esto cogió tanta energía que quiso levantarse de la cama como si fuera a pitchar un juego de béisbol. «Y cuando me vi en el piso lo único que alcancé a hacer fue a tirarme un pote de alcoholado en la cabeza, un potecito que tengo siempre junto a la bacinilla por si acaso. Cuando de repente oigo pasos en el callejón. Ese maldito callejón que yo no sé cuántas veces le he dicho a mi hermano Rolando que termine de clausurarlo, ésa es una madriguera en la que cualquier tigre va a terminar metiéndose, y nos encontrarán a tu abuelo y a mí, panqueaos, como dos turpene, mejor sería que nos cogiéramos de las manitas y saltáramos del Malecón y ya nadie tendría que bregar con nosotros.»

A este último fragmento siguen unas cuantas lágrimas que yo le seco a la abuela con la manga de mi t-shirt para que me siga contando y ella sigue: «después de tres avemarías y un padre nuestro logré sacar fuerzas y me levanté, mejor dicho, me levantó Jesús, porque yo la verdad no fui, cogí la linterna, acuérdate que no hay luz, y cuando la prendo no tiene pilas, mierda, lo raro es que encontré las pilas dentro de una cartera dentro de una gaveta en el cuarto que era de tu tío, no me preguntes cómo llegué porque no sé, sería Jesús también, que es la

37

luz de este mundo. Cuando cargué la linterna, los pasos seguían en el callejón, pasos con tacones altos, caminé hasta la puerta que da al patio y pregunté '¿buenas noches?' y una voz gruesa respondió: 'Ramona'. Abrí la persiana e iluminé con la linterna una boca y luego unos ojos pintados de azul violeta, la voz me dijo que quería trabajo y yo le dije que aquí no había y además que mi esposo tenía muy mal genio y dos pistolas cargadas y que si se despertaba se iba a armar un lío, la tal Ramona se fue corriendo y yo le oí los pasos con tacos saliendo del callejón, empecé un rosario a esa hora pero me quedé dormida como al quinto avemaría».

En la tercera versión el abuelo llama a la policía y a Ramona le parten el sieso. La abuela dice que le dio pena porque «se ve que por lo menos el muchacho quería trabajar y que si hubiera encontrado una mano dura a tiempo no andaría dando pena en una falda».

Como mi mamá no es muy buena hija que digamos y mi tío Fin está muy ocupado haciendo avioncitos de papel en su consultorio, Tía Celia se ha encargado de mantener a mis abuelos por lo menos aseados. Ella le paga a una enfermera para que venga una vez por semana y los meta obligados a la bañera y los restriegue con una esponja a ver si se les sale ese olor a sofá orinado que cogen los viejos con el tiempo. Tía Celia también le paga a otra muchacha para que venga una vez cada dos semanas y le pegue manguera a la casa, levante las alfombras, sacuda los cojines y los muebles de caoba centenaria y oiga el cuento de los submarinos, de Ramona y de cómo mi abuelo se ganó la lotería en 1939. Las muchachas, a menos que Tía Celia se quede para supervisar, terminan haciendo nada, comiéndoselo todo y viendo televisión, al abuelo lo empolvan y a la abuela le echan un chin de colonia en la cabeza, la hacen cambiarse la bata y la sacan al sol del patio una hora para que el olor a moho se le evapore. Pero, como dice Tía Celia, a esos viejos hay que bañarlos, y como nadie es indispensable, que es otra cosa que Tía Celia dice todo el tiempo, me saca del hospital veterinario los días que las muchachas van a casa de los abuelos para que yo las supervise. Este trabajito, la verdad, es peor que la clínica, se supone que yo les diga lo que tienen que hacer, pero al final termino yo haciéndolo todo, barriendo el patio, desempolvando los biscuises, estrujando con agua y jabón las espaldas arrugadas de los viejos, que tienen que sentarse en una silla de plástico dentro de la ducha porque tenerlos allí de pie en la superficie mojada y hacerles un chiste sería una manera muy sencilla de aniquilarlos.

Un día, sin aviso, Tía Celia llegó con dos haitianos y como diez galones de pintura blanca. Pusimos a los viejos en la habitación del fondo con las ventanas abiertas en lo que los haitianos pintaban la sala. Luego rodamos a los viejos a la habitación del centro y allí les rodé también el tocadiscos con un LP de Eduardo Brito para que escucharan una musiquita. Cuando le tocó a la habitación del medio, los rodamos al patio y allí se quedaron toda la tarde muy callados preguntando, más por quedar bien que por interés real, qué cuánto cobraban los haitianos por pintar la casa. Tía Celia, que es arquitecta e ingeniera y tiene haitianos hasta para regalar, les dijo que no se preocuparan por eso, que eso era un asunto entre ella y sus haitianos. Cuando empezó a atardecer la abuela se quejó de frío y le traje un suéter color fucsia que a ella le gusta mucho y al abuelo un pedazo de pan para que lo repartiera a las palomas. Allí estuvieron entretenidos un rato y cuando llegó la hora de la cena los entramos a la casa, que olía a pintura fresca y donde habíamos encendido todos los abanicos para que se secara. Mi mamá llegó con unos pastelitos y Tío Fin trajo varios envases de foam con bollitos de yuca y pica-pollo, un big leaguer de Coca-Cola y un tetra pack de leche, nos sentamos en la mesa del comedor y les servimos a los viejos primero. Mami le cortó todo en trocitos al abuelo, que derramó sin querer su vaso de leche sobre el mantel de plástico.

Mi mamá, como nunca hace nada por los viejos, se siente un poco culpable y se pone muy nerviosa delante de Tía Celia, así que o habla de un proble-ma en la oficina o hace muchos chistes muy malos de los que sólo se ríen ella y mi abuela. A pesar de los chistes todo el mundo estaba contento, incluso yo, si mantenía la posición de mi cabeza, tratando de no ver a los viejos masticando con sus dientes postizos aquel vendaval de comida rápida y bue-nas intenciones. Cuando terminamos Tío Fin trajo café y leche y todos quisimos; de repente la abuela levantó la cabeza de su taza y con la cuchara del azúcar todavía en la mano preguntó: «¿y dónde es que estamos?, ¿y de quién es esta casa?». Tío Fin, como un papel crepé al que le cae un chorro de sopa, se acercó muy rápido y tocó el hombro de su mamá apretando y soltando, diciendo «oh, mamá, en tu casa, ésta es tu casa» y ella, volviendo a meter la cuchara en su café con leche, dejó escapar un «ah» con menos peso que el humo que salía de la cafetera.

Desde ese día la abuelita está convencida, aunque esto sólo me lo dice a mí, de que la llevaron a otra casa, idéntica a la suya y que está en la misma cuadra que la suya, pero que no es la suya o, y esto me gusta más, que su casa la han rodado, o sea que ésta es su casa de antes pero que la rodaron unos cuantos metros y aunque nadie se da cuenta ella sí. Yo imagino a Tía Celia con sus dos, tres, mil haitianos poniendo la casa sobre un conveyor belt para rodarla y confundir a la abuela, pero la abuela se las sabe todas y se da cuenta comparando el espacio que hay ahora en el callejón donde antes cabía un policía dándole macanazos a tres ramonas y ahora solamente cabe una bicicleta.

4

I found myself that the cries were singularly irritating,
and they grew in depth and intensity as the afternoon wore on.

Son las once de la mañana y Tío Fin no aparece.
Tengo dos perros y un hámster en la sala de espera
y el especial de Fleetwood Mac que suena en la
radio ya tiene a todo el mundo viendo manchitas
en las paredes. La doña del chow chow se me está
desesperando y qué decir de la gordita del pug que
prometió traer una muestra de heces fecales para
un examen coprológico, pero el perro está estreñi-
do y ni metiéndole un palito con algodón saca uno
algo digno de estudio. Me ha confiado todos los
esfuerzos que hizo para lograr que Derek, su pug,
cagara. Y yo se lo creo, cómo no creerle todo a
una mujer que sostiene a un pug como a un bebé
mientras le da un biberón de jugo de ciruela.

El hámster tiene un tumor en el ano del tamaño de una nuez, siendo las nueces por lo general más grandes que las cabezas de hámster; este caso no tiene futuro, pero la niña que lo trae en su jaulita tiene dos cerezas en los ojos de tanto llorar, así que le digo que todo va a estar bien, que he visto a un hámster arrastrando un tumor como una casa y salir de aquí nuevecito, y este tumor gigante en otro hámster hace que en algún bosquecillo oscuro en el interior de la niña dos unicornios muevan los labios imitando a Stevie Nicks.

Armenia, la doña que trabaja donde Tía Celia, tampoco ha venido a limpiar la clínica y hay un vaho a mierda de labrador con pipí de cotorra que funciona mejor que la música clásica que Tío Fin quiere que yo ponga para mantener a la gente adormilada, haciéndoles perder la noción del tiempo y de ellos mismos. A las once y media Tía Celia se aparece de sorpresa y encuentra, en el panorama que describí con antelación, la confirmación de todas sus sospechas. Como Tío Fin no estaba y Armenia tampoco, tuve que chuparme todas las quejas de Tía Celia delante del hámster, el chow chow y el pug sin decir ni ji, pues yo sabía que el show no estaba dirigido a mí sino a calmar su propia vergüenza delante

44

de aquellas gentes. Tía Celia se colocó de manera que su cuerpo estaba de frente a los pacientes pero su cara me hablaba a mí, culpándome de la suciedad y la tardanza, de mi falta de profesionalidad a la hora de administrar una clínica, etc.

Las cosas que la gente hace cuando tiene vergüenza son muy interesantes. Yo estaba tranquila y sentía pena, y hasta me sentía útil pudiendo servir como blanco de sus insultos si esto aliviaba el fuego que le quemaba la cara, y es que en su cabeza hay muchos letreros que se encienden con demasiada frecuencia, y uno de ellos dice «si la gente ve la clínica de un hombre sucia y vacía, la culpa la tiene la esposa» en bombillitos rosados, «la culpa la tiene la esposa». Cuando terminó de rellenarme como a un pastelito se dirigió a la audiencia y los invitó a comerse unos turcos con café con leche a nombre de ella. La gente aturdida y disminuida gracias al sufrimiento de sus mascotas no tenía energía suficiente para decidir por sí misma, así que Tía Celia, en lo que canta un gallo, fue al colmado, armó un pleito, trajo refrigerios, distribuyó y elogió la calidad del queso en los turcos y le partió uno en pedacitos al hámster para que la niña se lo diera a través de las rejas de su jaulita.

Tío Fin llegó y se encontró a todo el mundo masticando y a Tía Celia en el piso recogiendo con un periódico la montañita de vómito con la que el gato sin nombre acababa de homenajearla. Como si nada hubiese pasado, Tía Celia se levantó y entró con Fin en el consultorio, cerraron la puerta y susurraban de una manera tan violenta que el aire que tiraban por la boca, aunque a un volumen inaudible, movía los afiches de la sala de espera. Tía Celia salió con una bata de Tío Fin con ambas manos enlazadas y con un aire de serenidad que ni la madre Teresa, anunció que Derek podía pasar, que el Doctor estaba listo para recibirlo y así hasta que el último paciente fue atendido. Cuando todos se fueron salí de la clínica para comer algo y me tardé un poco más de la cuenta para que pudieran decirse hija e hijo de la gran puta a gusto.

Cuando volví Tía Celia se había marchado y Tío Fin estaba en «el hotel», una sala al fondo del primer piso en el que las jaulas casi siempre estaban vacías, pues sólo se usaban para los animales que venían a pasar días y noches, no por enfermedad sino porque sus dueños necesitaban un break. Tío Fin estaba mirando por la ventana hacia el patio de la casa de Cutty, fumándose un cigarrillo con una mano en la cintura.

«Toy aquí», le dije y él apagó el cigarrillo y lo tiró por la ventana, un grumito de ceniza le salpicó la camisa y su mano la sacudió con un solo gesto. Su mano es muy larga y amplia, los dedos, gracias a años de comerse las uñas, terminan redondeados como los de un sapo, pero esto no resta elegancia a la tierna manera con que Tío Fin sostiene un animal que está examinando o uno que va a comerse. Esta elegancia yo creo que le viene de mi abuela, que creció en una plantación con lujos que ni él ni mi mamá tuvieron gracias al criterio que mi abuela utilizó para elegir un marido.

Mientras Tío Fin se comía un sandwich de pavo dijo «maldita mujer» con la boca llena y en ese momento me di cuenta que todavía no había intentado llamar al gato con nombres femeninos. Saqué mi libreta y apunté algunos nombres que se me ocurrieron.

Rosario
Layla
Eva

Renata
Esther
Gertrudis
Teresa
Ruth
Katrina
Ingrid
Susana
Penélope
Andrea
Patricia
Romelia
Lucía

Pero ninguno me gustaba. ¿Y si intentaba con mi propio nombre? Después de todo, ¿no ponían los padres sus propios nombres a los hijos?

En unos segundos mi nombre estuvo escrito en letras de molde, arranqué la página y me la metí en el bolsillo. Cogí el café con leche que quedaba en uno de los vasos y lo eché por el inodoro. Tenía muchas ganas de llamarlo por mi nombre, pero las escasas ocasiones en las que el gato había respondido eran producto de decir el nombre en el lugar y el momento adecuado, cada vez que esto pasaba el aire era más pesado y en la distancia grillos diurnos o la neverita de la clínica zumbaban con más intensidad.

Esperé un ratito viendo al gato subirse al borde de la ventana, pero antes de que los grillos empezaran a chillar con el sol afuera Tío Fin me llamó para que viera la mierda de Derek en un frasquito negro de los que traen rollos de fotografías. El cómo Tío Fin consiguió sacársela al pug es un secreto, acercó el frasco a la llave y dejó caer agua dentro hasta el borde, lo tapó y lo batió para que la mierda se ligara con el agua. Yo ya había visto cosas en el microscopio de la escuela, células de cebolla teñida con azul de metileno, pero la idea de contemplar la causa de todos los males de Derek era aún más excitante. Caminé las cinco cuadras hasta el laboratorio para entregar la muestra en su potecito Kodak a una muchacha delgada que recibió con una sonrisa aquellos mojones mojados donde las bacterias serían reveladas a todo color en una plaquita de vidrio.

La clínica tiene un parqueo con espacio para tres automóviles. Realmente son cuatro líneas pintadas en la acera, de la que Tía Celia se adueñó cuando construyó el edificio. Si Tía Celia también está en la clínica, como ahora que había regresado, su jeepeta y la camioneta de Fin ocupan los tres espacios, dejando a los pacientes con la opción de dar la vuelta a la manzana para conseguir un hueco. Entré con cautela para no sorprender una pelea o una reconciliación, pero lo que me encontré no hubiera podido preverlo. Detrás del escritorio en la sala de espera había un hombre sentado en mi silla, con una mano movía el dial del radio y con la otra trataba de captar la señal con la antena. Tía Celia salió y me presentó a Radamés, un obrero haitiano con camisita a cuadros amarillos y negros al que se le escapó una sonrisita. Tío Fin también salió del consultorio y le puso una mano en el hombro al haitiano, como usualmente hacía con la abuela cuando empezaba a disparatar. Así los tres, Radamés en el medio y mis tíos detrás, parecían listos para una foto familiar en la que yo, al parecer, no iba a aparecer. «Levántese de ahí», le dijo Tía Celia, «¿no ve que llegó la señorita?». Y Radamés se levantó rápido dejándome en la radio una emisora de bachata y la silla caliente como un muro al sol. Tía Celia le señaló un asiento en la sala de espera a Radamés y él fue a sentarse de una vez. Se quitó la gorra de Sherwin Williams que llevaba y vi que tenía una frente muy amplia en la que dos cejas que parecían sacadas con pinza se disputaban el protagonismo que los ojos, dos huevos manchados como de codorniz, no reclamaban.

Tía Celia puso cara de anuncio católico y me dijo: «Armenia está mala, así que no va a bregar con el hospital esta semana. Radamés está aquí para hacer lo que Armenia hacía y para que bañe a los perros cuando haya que bañarlos». Radamés, que seguía con la sonrisita, se tapaba la boca con la gorra y yo me preguntaba si se reía de mí, de mis tíos o del viejo que acaba de entrar con una poodle gris con la greña llena de nudos. La fuente de aquella enredadera era un chicle que se le había pegado hacía unos días a la pobre perra más el descuido del viejo, que con una catarata en un ojo todo lo veía bonito. Tío Fin se quedó con el señor hablando de política y enfermedades del sistema digestivo mientras Radamés descendía conmigo y la perra hacia el sótano. Como venía de la calle mis ojos se tardaron un rato en acostumbrarse a la oscuridad. Mientras yo me agarraba a la baranda para no tropezarme, Radamés ya tenía a la poodle sobre las piernas como a una niña, y con un peine de metal que encontró junto a la pileta de bañar a los perros comenzó a desenredarla. Palpando la pared encontré la luz y encendí la bombilla que reveló el rojo del óxido en los barrotes de las jaulas que había aquí abajo, donde podría caber un ser humano de tamaño normal junto a una bandeja con comida. En la jaula del fondo se oyó un aullido, Radamés volvió a la sonrisita de antes, ahora sin taparse la boca, y preguntó: «¿y quié eh eso?».

La voz de Radamés es como un jarabe para la tos. Tardé un minuto en responderle y cuando lo hice ya Radamés estaba frente a la jaula de Mauricio, de quien Tío Fin no sabía cómo deshacerse. Con la mano que no cargaba a la poodle acarició a Mauricio, que agradeció el gesto con su ojo único. Luego el haitiano volvió a su labor, y mientras trataba de desamarrar los nudos me preguntó si yo sabía leer y le dije que sabía leer desde hacía ocho años; se sacó un papelito del bolsillo de la camisa y me pidió que se lo leyera. El papelito contenía una historieta evangélica de esas que te dan en la calle, en la que un joven sucumbía al alcohol y las mujeres y terminaba ensartado como un puerco en puya en el mismísimo infierno. Se incluían citas del Apocalipsis y la Carta a los Corintios, los cuerpos de los demonios, ángeles y humanos no tenían muchos detalles y las boquitas abiertas de las caras estaban siempre como diciendo la letra A o la letra O. A mitad de mi lectura la sonrisita de Radamés se convirtió en una carcajada y Mauricio lanzó el primer ladrido completo desde el día en que doña Moni lo trajo hecho puré de papa.

Aun después de haber rescatado el chicle la perra seguía pareciendo un garabato, los pelos se le pegaban a la piel gracias a la mugre y el sudor. Radamés me pidió una tijera y sin preguntarle a Tío Fin me metí en el clóset de los instrumentos quirúrgicos y saqué una. En unos minutos la perra era otra, respetándole un poco de pelo en la frente y las patitas, Radamés la convirtió en algo sacado de un libro de historia universal o una princesa. En su cara se podía ver algo que en los humanos se llama orgullo, y cuando Radamés la metió en la pileta y abrió la llave para lavarla, la perra se quedó tranquilita. Hasta el viejo pudo ver la diferencia. Tío Fin estaba muy contento y un poco sorprendido con los talentos del haitiano, tanto que hasta ofreció comprarle una maquinita eléctrica para que pudiera pelar a gusto. Le preguntó si él había hecho eso antes y Radamés le dijo que en Haití él pelaba a sus hermanitas, a lo que Tío Fin contestó que no era lo mismo porque sus hermanitas no eran animales.

5

I, too, must have undergone strange changes.

Lo que Tía Celia tiene de bueno es que le gustan los aparatos y compra todo lo que pueda conectarse. En la casa de Tía Celia, a cada rato, surgen unas marañas de alambres donde parece que va a poner huevos un ave robótica. Tío Fin y Tía Celia tienen la costumbre de conectar de una misma regleta el aparato de música, un blower, la aspiradora, dos lámparas y, además, un vaporizador para hidratar el aire porque Tía Celia se aprieta del pecho muy a menudo.

Un día de uno de estos nidos salió un humo blanco, como a chorro, emitiendo un siseo muy hermoso. Tía Celia estaba lavando el piso con una manguera y al parecer el agua tocó un cable que estaba parcialmente desnudo. Armenia, la sirvienta, barre y suapea todos los días, pero cuando Tía Celia está muy nerviosa, comienza a barrer y a cepillar ella misma un piso en el que se puede comer de lo limpio que está. Yo creo que en estos momentos hay otros letreros que se prenden en la cabeza de Tía Celia y que por más que me concentro no puedo leer. El día de la humareda Tía Celia se levantó temprano. Tío Fin se había ido a atender el perro de un diputado que mami le presentó y como era sábado yo no tenía que ir a la clínica. Tía Celia entró en el cuarto en el que duermo con una cubeta en la mano dizque a limpiar el baño y yo me tuve que levantar dizque a ayudarla para no parecer malagradecida. Pero a Tía Celia no hay quien la ayude porque en su mente el mundo es un gran inodoro sucio y ella es el único estropajo con la fibra necesaria para limpiarlo.

Yo agarro una lanilla para dizque desempolvar el tope de los muebles o algo así, pero cuando me ve, empieza a quejarse de mi estilo. Que mi mai me tiene como a una princesa. Que no doy un golpe. Que una mujer que no sabe limpiar no se casa, etc. Ahí es que con gusto empiezo a hacer dibujitos con la lanilla en un polvo imaginario que sólo Tía Celia ve. Lo raro es que después de un rato de oír a Tía Celia acabando con Armenia y declarando la casa disaster area en un inglés salido de San Juan de la

Maguana, hasta yo veo el sucio, como si de su propia boca fuese saliendo una capa de hollín directamente proporcional a la cantidad de herramientas de limpieza que tiene en la mano. Y Tía Celia puede con más de una. Sólo hay que verla transitar el pasillo con una cubeta llena de agua y espuma, en la derecha, un litro de Mistolín y un spray de Pinespuma, un cepillo, una ponchera y una goma para empujar el agua. En la izquierda, un trapo con aceite para los muebles, dos esponjas y una escoba con su palita. De algún otro miembro de su cuerpo, oscurecido por la luz del pasillo, le cuelga enrollada la manguera como en ese símbolo de la medicina veterinaria que hay en el letrero de la clínica en el que una serpiente sube en espiral por un tubo blanco.

Cuando el alambrerío empezó a botar humo, yo estaba sentada justo enfrente, leyendo un libro sobre la vida de Jim Morrison que me había prestado mi amiga Vita. El libro estaba en italiano y yo no entendía más que algunas palabritas como «pottere», «difficili» y «beveva». Pero yo se lo había pedido a Vita por dos razones, la primera porque tener un libro sobre Morrison fuese en chino o papiamento era algo y la otra porque se me ocurrió que en un libro con tantas palabras desconocidas tal vez tendría más chance de encontrar un nombre para el maldito gato.

Tomé un lápiz para rodear con círculos los nombres posibles y me acomodé con las piernas cruzadas sobre el sofá para no tocar el piso en proceso de desinfección en el que Tía Celia llevaba medio día. Para seleccionar las palabras me impuse una regla, sólo podía escoger aquellas que por más que me esforzara no pudiese traducir. Algunas palabras como «lucertola», «sesso» y «primi», aunque en principio me parecían imposibles, adquirían su significado puestas en una frase. Así supe que Re Lucertola era Lizard King y «sotto l'effetto», under the influence.

Para las dos de la tarde tenía sólo tres nombres, Fatta, Gli y Finché; haciendo una línea bajo Finché empecé a oír el siseo como de neumático que se vacía, levanté la vista y una nube blanca llenó la sala. Antes de que me levantara Tía Celia ya había gritado todas las malas palabras que se sabía y con el palo de una escoba había enredado todos los cables y tirado hacia sí con el estrépito de varios aparatos volando por los aires. El humo se disipó y pude verla, con el palo todavía en la mano, el nido de alambres en la punta del palo. Estaba muy despeinada y con los ojos muy abiertos mirando lo que parecía un rabo loco en la pared, uno de los cables se había partido y estaba allí todavía conectado, la punta abierta por la que salía corriente tocaba el agua del piso haciendo que los treinta centímetros del cable se agitaran produciendo chispitas y sonidos difíciles de describir. Tía Celia corrió hacia la caja de breakers y bajó el suiche machete haciendo que el cable se detuviera y terminara relajado sobre el piso, dejando una marca rojiza en el granito que ni con ácido muriático se iba a quitar.

Después de llamar a todas sus hermanas en Nueva York para contarles cómo me había salvado de morir electrocutada, Tía Celia me hizo un regalo. Abrió las puertas de un clóset que tiene en una habitación vacía en el que guarda regalos y cosas que compra en sus viajes y al que acude cuando alguien se lo merece. Me dijo que yo había sido muy valiente, que ni un gritito me había oído y que estaba muy impresionada. Sacó una caja y me la entregó. Eran unas bocinitas no más grandes que un paquete de cigarrillos que yo podía conectar a mi discman «para oír tu música en la clínica».

Esa noche Vita vino a visitarme. A Tía Celia le encanta Vita porque además de muy blanca es muy femenina y Tía Celia cree que eso va a hacerme bien. A Vita la conozco del colegio desde hace un año, ella entró en séptimo curso cuando yo entré a octavo, es italiana pero vivió en Bonao un tiempo antes de venir a la capital, así que tiene un acento más raro que el diablo. A Vita le gusta todo lo que a mí me gusta, sobre todo en lo que respecta a la música, y cuando algo que yo oigo no le gusta, es porque en unos días voy a darme cuenta de que a mí tampoco, y viceversa. Sus papás no están casados. Su mamá parece salida de una película en blanco y negro y su papá es como la reencarnación del actor de *Magnum*, que yo creo que se llama Tom Selleck.

Normalmente soy yo quien va a la casa de Vita, porque como mami no cocina y mi papá habla demasiado prefiero salir de la mía. En cuanto llega la mamá de Vita, que odia que le digan doña, me ofrece una copa de vino. Ella sabe que tengo catorce años pero en Italia los niños beben vino como si fuera leche. Vita se sirve de la botella en una taza de café y me hala por la camisa hacia su cuarto. Allí tiene un afiche enorme de Jacques Cousteau, una cama doble y un escritorio blanco con una pequeña repisa que varios libros de Herman Hesse comparten con una biografía de Gandhi que Vita se sabe de memoria. Pone en un boombox amarillo un cassette variado que empieza por «Aquarius» de Hair y termina por «Groove is in the Heart» de Deee-Lite, saca una caja con papeles de colores y unas tijeras para que hagamos collage y yo muy rápido corto un caballo amarillo que pego sobre un papel verde limón, luego recorto unas tiras marrones oscuras que voy pegándole al caballo en la cabeza.

Pero en la casa de Tío Fin y Tía Celia yo no tengo papeles de colores, ni siquiera tengo mi ropa normal, así que cuando abro la puerta Vita se muere de la risa al verme con un mameluco de secretaria. Tía Celia mandó a buscar una pizza y le dio a Vita una almohada y una toalla para que se fuera acomodando pues se iba a quedar a dormir. Cuando la pizza llegó nos sentamos con Tío Fin a ver un episodio de *Kung Fu* en el que a Caine se le pega un loco que anda con su prometida en un ataúd. Fui a buscar mi libreta por si salía algún nombre para el gato, pero nada. Cuando a Caine le toca dar su primera patada voladora Tío Fin realiza su famoso truco de abrir una latita de flan con los pies. El truco es sencillo tomando en cuenta que los pies de Fin son largos, delgados y planos y que, además de abrir latas utilizando el dedo gordo y el siguiente para darle cuerda al abrelatas, también se le ha visto aplaudir y dibujar el mapa de la Hispaniola con ellos. Vita no podía cerrar la boca y por un momento en la cara de Tía Celia se vislumbra algo muy parecido a la felicidad.

Tío Fin es muy talentoso, y si le hubiesen tocado unos padres un chin más inteligentes a lo mejor a esta hora estaría en otro lugar. De todos los talentos de Tío Fin el que me parece más digno de admiración es su silbido. Tío Fin puede pitar con la boca casi cualquier cosa que escuche, desde la «Campanella» de Liszt hasta el «Bobiné» de Johnny Ventura. Estando solos en la clínica muchas veces suena algo raro en una estación y yo entreabro la puerta que da a su consultorio para que la musiquita se le cuele y en unos segundos Tío Fin me responde calcando la pieza con una exactitud que mete miedo. Si yo fuera él, hace rato que hubiese salido en televisión con algún nombre inventado frente a una canasta de ropa sucia de cuyo interior haría brotar cuatro cobras encantadas a bailar mi silbido.

De la canasta de la ropa sucia de mis tíos también salen cosas que hacen que la gente pierda la razón. Cuando Armenia ve las medias de Tío Fin, marrones del sucio en la parte que pisa el suelo, dice dichos y juramentos y los ojos se le ponen colorados. Se sienta con una de ellas en la mano, una con rayas rojas paralelas de atleta de los setenta y mira el cielo. Luego mueve la cabeza de un lado a otro y grita: «¿pero es gusto que coge ensuciando media? No te apures que un día suertan prieto y trancan blanco». Después Armenia se sume en un gran silencio y la mugre que Tío Fin ha recogido por toda la casa, saliendo a buscar algo a la marquesina, en la tierra del jardín y debajo de su escritorio en la clínica, pesa tanto que hace que la mano de Armenia se debilite sobre su rodilla artrítica a punto de dejar caer el calcetín para siempre. Pero no se le cae nunca y Armenia se levanta con una risita de hiena y se va caminando despacito hasta el área de lavado. Por eso los días que Armenia lava, si no estoy en la clínica, trato de embullarme lejos de donde se desarrollan estos eventos, pero aunque me esconda Armenia me sale a buscar con la media en la mano, y si estoy en el baño, me espera afuera. En estos momentos Armenia parece que mide como treinta pies de alto y diez de ancho y la media es del tamaño de una anaconda albina domesticada.

Yo trato de explicarle todo esto a Vita y no encuentro la manera de contárselo sin que parezca un chiste. No es un chiste. Le digo que no es un chiste y se destornilla de la risa dando con los dientes en el piso de la habitación en la que duermo. Al final termino riéndome yo también, no de Armenia, sino de mí y de lo raro que debe sonarle a Vita el que en casa de Tía Celia haya criaturas albinas por el estilo.

A Vita la hago reír cada vez que puedo y me he vuelto muy buena en ello. A veces basta sólo una palabra para que caiga en el piso con retortijones. Usualmente la palabra que la hace reír es la última que ha dicho alguien que acaba de salir de la habitación o la última que ha dicho ella misma. Yo repito esta palabra como un eco, pero no imitando a la persona que la dijo sino con otra voz, a veces de locutor, a veces con música y a veces con una voz que ni yo me reconozco. Vita se pone morada como una berenjena y se le salen las lágrimas sin que yo tenga que tocarla y yo sigo diciendo la palabra hasta que ella me suplica que pare o hasta que Tía Celia abre la puerta de golpe como para sorprender a unos ladrones y nos dice «ya está bueno». El problema es que cuando Tía Celia cierra la puerta, en el silencio de bóveda de banco en el que deja sumida la habitación Vita escucha mi voz repitiendo el «bueno» de mi tía, con una voz que me es imposible reproducir pues cuando Vita la oye mis labios están completamente cerrados.

6

The creatures I had seen were not men, had never been men.

Como quince patitos, unos encima de otros, a punto de abandonar la dieta de maíz podrido y molido que el vendedor podía suministrarles para entregarse a una, más suculenta y satisfactoria, de plumas y picos. Todos en una caja de cartón frente al supermercado, donde el vendedor, junto al escobillero y el mendigo mocho, atajaba a las madres que salían con sus niños y la compra del mes.

Uriel vio en la caja algo muy parecido al patio de recreo de su escuela y en su cabecita pensó que por fin podría ejercer el papel que tanto le habría gustado desempeñar en su escuelita: el de maestra. Con sus siete años Uriel ya había hecho de Duarte y de San José en las obras de teatro que Pastora, la profe de segundo de primaria, había montado para el día de la independencia nacional y navidad respectivamente.

A Pastora se le hacía la boca agua soñando a Uriel correr hacia el futuro de Ingeniero Químico que Profundito, su hijo mayor, había abandonado para irse con una griega a vender collaritos de semillas en las pulgas. Era verdad que Uriel apenas tenía suficientes dientes en la boca para articular la palabra aminoácido, pero Pastora había traído una bata de laboratorio de cuando Profundo estaba estudiando y se la había puesto al niño, el director de la escuela había entrado en ese preciso momento, haciendo que Pastora se inventara lo de la obra de navidad pues la bata le rodaba a Uriel como una toga de antes de Cristo.

Teniendo en cuenta que eran las ocho de la noche de un martes el vendedor vio la gloria en los veinte pesos que la mamá de Uriel le dio por la caja de pájaros. Uriel no había estado tan contento desde el día en que su mamá había vuelto de su estadía en el ala de Higiene Mental de la UCE. Su mamá cargó la caja unas cuadras hasta que llegaron a la esquina de la parada, la guagua se detuvo y la mamá de Uriel lo ayudó a subirse, luego subió ella con todo y caja y se sentaron en un sitio duro donde el chofer de la guagua quiso que también se sentara un señor con un tufo a alcohol de farmacia.

A Uriel el olor a alcohol etílico no le gusta para nada, pues es lo más parecido a lo que flotaba en el aire cuando fue a visitar a su mamá al hospital. Su mamá había salido con una pijama desteñida a saludarlo, con los ojos a media asta como cuando en los muñequitos alguien tiene mucho sueño, le había dicho a la enfermera «éste es mi muchachito» y a Uriel el tono con que su mamá había pronunciado la palabra «muchachito» le había pasado una película en fast forward que él hubiera preferido ahorrarse. En ese «muchachito» Uriel sintió un golpe del remedio de cebolla que le daban para la alergia y a su mamá desnuda diciéndole bye bye con unos espejuelos oscuros desde el techo de una casa. Uriel, que nunca había visto a su papá, se lo imaginaba como Lionel Ritchie, y cada vez que en Teleantillas ponían el video de «USA for Africa» él aplaudía y saltaba sin que nadie supiera por qué.

Una tía le había dicho que su mamá estaba enferma y cuando él preguntó que de qué, la tía le dijo: «de la mente». Para Uriel la mente eran los temblores que le entraban a su mamá cuando veía telenovelas, por lo que hubo que sacarle la televisión de la habitación y la lloradera que se le metía en pleno almuerzo cuando alguien le pedía que por favor se volviera a poner la blusa. Pero lo que de seguro sí que era la mente eran esas bolitas de pan que su mamá hacía con los dedos debajo de la mesa durante la cena y que luego se metía en un bolsillo. A la hora de irse a la cama, su mamá lo hacía comerse estas bolitas una a una mientras le hablaba de un hermanito que él tenía y al que los de la casa obligaban a permanecer escondido: «cuando lo dejen salir vamos a compartir todo este pan con él y tu papá va a venir con la armónica».

Pero ahora la mente se había ido y su mamá estaba tan bonita que los hombres en la calle le dibujaban flores en el aire con la boca y Uriel miraba a su mamá cuando esto sucedía para ver si ella respondía, pero ella se quedaba como si no fuese con ella y en la carita de Uriel se abría una sonrisa en la que de necesitarlo se hubiesen podido sentar todos los patitos de la caja cómodamente.

Llegaron a la Vega como a las diez de la noche, y como era verano y los niños estaban de vacaciones la casa parecía un manicomio. En la galería un bebé se desgañitaba gritando el nombre de pila de su mamá y en la azotea dos de los primos grandes meneaban una mata de jobos a ver si se caía alguno. En la acera dos tíos de Uriel, sentados en sendas sillas de cana, habían colocado un pedazo de cartón sobre sus rodillas para improvisar una mesa de dominó y uno de ellos, mirando sus fichas, le estaba diciendo a su esposa que le trajera el ron de los días especiales. Al ver a la mamá de Uriel, este mismo tío se levantó haciendo que las fichas se desparramaran por toda la acera. Uriel se acordó de este tío aunque no lo veía muy a menudo, ya que Uriel y su mamá vivían en Baní y sólo venían a la Vega si alguien se moría o en vacaciones. El Mesti, que así le dicen a este tío, se abrazó a Marlene, que así se llama la mamá de Uriel, y empezó a llorar como si se hubiese llevado un dedo del pie con una maceta en medio de la oscuridad.

Marlene, con la caja de patitos en las manos, le hizo entrega de los animales para poder quitárselo de encima, y cuando se vio libre sintió ganas de salir corriendo y coger la guagua de las 10:30 en dirección contraria. Todo el mundo sabía que Marlene era rara, así que su falta de lágrimas en un momento tan emotivo no sorprendió al Mesti, y dirigiéndose a la casa gritó para que lo oyera el vecindario completo: «¡le dién de aita a la rubia!».

Parientes y vecinos salieron de sus trincheras con esquimalitos guinándolos de la boca a recibir a la rubia, como le decían a Marlene, porque de los siete hermanos era la única que había salido blanca como el papá. El círculo le hacía preguntas de todo tipo que Marlene respondía con un «ya tú sabe», penetrando la casa todos juntos como un barco mareado.

Ellos: «¿y te dién pastilla?».
Ella: «ya tú sabe».
Ellos: «¿te echán agua fría?».
Ella: «ya tú sabe».
Ellos: «¿te dién electro shó?».
Ella: «ya tú sabe».
Ellos: «¿te cucutearon poi dentro?».
Ella: «no me hagan hablar más».

Para que pudieran preguntarle mejor o para que Marlene cambiara el «ya tú sabe» por detalles escalofriantes, una primita de trenza larga guió a Uriel hasta un conuco que había detrás de la casita y le dijo: «tu mamá ta loca, pero no te apure que te vamo a cuidai». Luego lo llevó a la cocina y lo sentó en la meseta para que se comiera los plátanos y el queso frito que alguien había puesto bajo un plato Duralex color ámbar para que guardaran el calor. El plato había capturado todo el vapor y la primita lo levantó goteando sobre la comida A Uriel no le hacía ninguna gracia comerse aquellos plátanos sudados y algo le dijo que si él quería acomodarse en aquella masa que rodeaba a su mamá y ser uno de los que preguntaban, tendría que comerse aquel manjar sin rechistar todos los días y que rechazarlos lo pondría de una vez por todas del lado de su madre.

Cogió el tenedor y pinchó con los ojos casi cerrados el plato, se metió a la boca un pedazo blando de algo que resultó ser queso, cosa que hizo que la primita se riera y dijera: «qué sabio, comiéndote ei queso primero», y luego, cuando lo vio coger un trocito todavía más pequeño, «ñiña ven a vei, que come como un pollito». De repente Uriel se acordó de la caja y de un brinco se libró de los plátanos cenicientos y fue a halarle la falda a su mamá.

Marlene la rubia hizo que todos sus sobrinos formaran una fila derechita para hacer entrega formal

de los patitos. A Frank el de Momó, el primer patito. A Peluca la de Esteban, el segundo patito. A
los mellizos del Mesti, el tercer y el cuarto patito.
A Chechi, Gusti y Rosalía los hijos de Derecho, el
quinto, el sexto y el séptimo, a Nati la hija de la
mujer del Mesti, el octavo patito y así sucesivamente. Cuando le quedaban dos patitos en la fila sólo
estaba Uriel, su hijo. Tras entregarle el que le tocaba, Marlene se quedó largo rato mirando el patito
sin dueño en el fondo de la caja.

Derecho, su hermano mayor, había dejado la escuela en cuanto su pie alcanzó el pedal de la máquina de coser de la tapicería del pueblo y con el
tiempo las horas que había acumulado viendo una
aguja entrar y salir le habían hecho entrar en pro-
fundos estados contemplativos. Derecho había encontrado en el ritmo con que pedaleaba, dibujando líneas de hilo en materiales que siempre iban a
cubrir sillones, sofás, cojines y taburetes, un men-
saje sagrado que ni él mismo sabía lo que significaba, pero que le llenaba los ojos de lagrimitas y la
cabeza de luces que alumbraban hasta los huevos
que las cacatas ponían debajo de las piedras. A sus
cuarenta años Derecho ya no necesitaba estar en su
máquina para entenderlo todo y leía a la gente como

nunca pudo leer un libro, viendo el patrón y las tijeras con que habían sido cortados, así como por donde se descoserían cuando les llegara la hora. Gracias a esta agudeza, Derecho también podía detectar esos agujeros por donde la locura suele colarse. Cuando vio a la rubia mirando la caja, la vio subida a un trampolín olímpico, los brazos en cruz, lista para clavarse sobre el patito solitario obteniendo de cada juez un 10 o un 9 ½. Derecho metió la mano entre Marlene y el pato y lo sacó, atrayendo también la mirada de la mamá de Uriel. Con una voz que hizo que la verja se remeneara gritó el nombre del vecinito de al lado, «¡Washington!», y Washington, un carajito con la cabeza como una auyama y hoyuelos en las mejillas que vivía en la casa de al lado se apareció con un pedazo de yuca sancochada en la mano. Uriel cuando lo vio se metió detrás de una silla de mimbre en la que su tía Momó estaba cortándose las uñas. El año anterior Uriel había jugado con Washington descubriendo que tenía unos dientecitos muy blancos y parejitos y que los utilizaba tanto en carne humana como en juguetes y marcos de puertas y ventanas. El tío Derecho entregó el último pato y Washington soltó la yuca y salió corriendo voceando «mamá, mamá, me dién un patico», haciendo a Marlene descender del trampolín peldaño a peldaño hasta encontrar una banqueta para poner el culo y secarse la frente.

La casa de Momó fue una de las primeras que se construyeron de cemento en El Cebollo, un campito donde se daba de todo menos oro, pues la tierra era más prieta que el petróleo y si a alguien se le hubiese ocurrido sembrar hielo, a los pocos días estaría la gente recogiendo helados de una mata. Derecho y Momó, los hermanos mayores, construyeron la casa juntos y criaron además de los hijos que tuvieron por su lado, los hijos de varios de sus hermanos. A Uriel le tenían pena y cariño, y es que con una mamá loca y esas cejas alicaídas uno quería meterse al niño debajo del ala. Como eran los hermanos mayores de Marlene eran suficientemente viejos para ser abuelos de Uriel y lo mimaban y cuidaban todo lo que podían. Uriel quería mucho a Momó, porque Momó lo quería mucho a él y a su mamá y eso se sentía.

De todos los tíos Momó era la más fea. Con una nariz donde se hubiesen podido parquear dos carretillas y un Honda 70, había perdido algunos de sus dientes en una pelea a los diecisiete años. Un americano le había dado una galleta al Mesti porque el Mesti, al verle la melena al americano, le pellizco una teta. Cuando el Mesti, que tenía once años, le dijo a Momó lo que había pasado, Momó se tiró pal colmado sin averiguar y le entró a trompá y patá al gringo que jamás en su vida se imaginó cosa parecida. Momó terminó y se le sentó al gringo en la cara, tirándole de souvenir un peo. El dueño del colmado y tres hombres más hicieron esfuerzos por levantarla, pero hasta que no le trajeron dos galletitas Guarina y un Red Rock de uva no se levantó. Cuando Momó se enteró de que el gringo era un cura jesuita salió al patio y se rompió dos dientes con una piedra. Al imaginarse que su mamá la podía estar viendo desde el cielo le salían unos gritos de parto que mantuvieron al pueblo despierto hasta que el cura vino con la melena en una colita y le dijo a Momó que la perdonaba y que había oído tantas cosas buenas de su moro de gandules que no se podía ir sin probarlo. El curita preñó a Momó esa misma noche, dice Momó que para desquitarse del peo, y se fue sin decirle ni su nombre verdadero.

Los dos dientes menos de Momó eran ahora de oro y cuando Uriel se levantaba en la mañana y veía aquellas dos pepitas relucientes con el sol recién nacido le daban ganas de ponerse a cantar y a veces lo hacía. Momó lo vio tirando cancioncitas sentado en el piso y lo mandó a comprar salami a la bodega y media libra de maíz para los paticos. Uriel volvió con la funda y Momó ya había metido medio racimo de plátanos en un caldero, tomó el salami y lo convirtió en monedas que iba colocando en aceite hirviendo. Mirando a Uriel le dijo «sigue cantando, papi», pero Uriel lo único que quería hacer era ir a alimentar a los patos. La primita de la trenza se apareció en la puerta de la cocina con el cepillo de dientes todavía en la boca, Momó le dijo que lo llevara al patiecito y se fueron los dos, Uriel abrazado a la funda de maíz y ella cepillándose las muelas de atrás. Había un patito muerto al pie de una lengua de suegra, la primita casi lo pisa y Uriel se arrodilló para verlo mejor. Algo le había explotado al patito dentro porque por todas partes tenía huequitos por donde brotaba no sangre si no una sustancia grisácea parecida a la ceniza mojada.

La primita de la trenza le dijo «sueita eso», y de un manotazo le tumbó el pato, que fue a parar ensartado en un cáctus cercano. Muy rápido le quitó también el maíz, rociando a los sobrevivientes con los granos como si el maíz lo hubiese comprado ella. En ese momento Uriel sintió una araña metálica en el pecho que se estiraba hacia sus manitas y que de haber divisado un martillo en las proximidades hubiese asesinado a la primita sin dificultad.

Lo difícil ahora era adivinar de quién era el muerto, o sea, quien se había quedado sin pato. Frank, el hijo del cura con Momó, ya tenía catorce años y una novia en Licey Aentro de dieciocho, así que un patito no iba a hacerlo más feliz que el motor Honda que Tío Derecho le había regalado para su cumpleaños. Eso arreglado, ese día los primitos se pasaron el día entero jugando con los animales. Patitos egipcios alrededor de una pirámide de piedras que construyeron en el conuco, patitos soldados detrás de un fuerte hecho de yautías, patitos taínos alrededor de una fogata que encendieron con papel periódico hasta que el primer pato caminó sobre el fuego y el vaho a picapollo hizo que todo el mundo saliera corriendo.

Esta vez le tocó a Momó elegir el damnificado, y cuando cogió a la primita de la trenza y le dijo que el pato rostizado era de ella porque a quién se le ocurre prender papel en el conuco, Uriel se sintió vengado y fue con su pato a sentarse en la cama de su mamá que dormía todavía a la hora del almuerzo.

El sueño en algunas mujeres es más benéfico que el maquillaje: así dormida, Marlene era muy hermosa y su respiración era tan reposada que a cualquiera se le olvidaban los tirones de cortinas en la boca y las heces con las que había dibujado un sol en su espejo hacía poco más de un mes. En ese momento, Uriel apretó al patito como a una lámpara mágica y deseó que su mamá se quedara así para siempre e inmediatamente Marlene abrió los ojos espantada abriendo la boca para respirar como un pez fuera del agua. El niño asustado se levantó de la cama y Marlene le hizo señas de que volviera, un poco más tranquila. Se incorporó y buscó su cartera para sacar un regalo envuelto en papel amarillo con una cinta roja. Se lo entregó a Uriel que, sin soltar el patito, despedazó el papel en un segundo. En la caja de un palmo había un micrófono de juguete, Uriel casi no podía creerlo. Su mamá sacó dos baterías también de la cartera cargando con ellas el micrófono, luego rodó con el dedo el pequeño suiche hasta donde decía ON y lo acercó a la boca de Uriel. Lo primero que hizo Uriel frente al micrófono no fue cantar sino contarle a su mamá las tragedias del día: las causas desconocidas de la muerte del primer pato y los eventos que desembocaron en la incineración del segundo. Marlene no se había reído tanto desde que el papá de Uriel le había hecho cosquillas en los sobacos para quitarle la ropa la primera vez que se acostaron. En algún lugar de la sala esta risa sonó a peligro y dos tías vinieron enseguida a ver qué pasaba, a ofrecer caldo de pollo, a llevarse al niño para que Marlene pudiese seguir durmiendo. Al llegar a la sala el patito de Uriel ya tenía atado en el tobillo un pedazo de la cinta roja del regalo y, cuando lo puso entre los otros, no había manera de perderlo de vista y, además, de no saber si el suyo estaba entre los vivos o los muertos.

La noche cayó sobre El Cebollo y Uriel, micrófono en mano, cantó para todos los tíos, primos y patitos el himno a Duarte, a Mella y, para terminar, el himno a las madres, gesto que hizo que por más de una razón la concurrencia llorara a lágrima suelta. A la mañana siguiente sólo quedaban dos patitos. Las habitantes de un hormiguero cercano habían decidido adelantar el año nuevo chino comiéndose a los patos mientras estos corrían sin manos con que arrancarse las miles de boquitas negras que tenían encima. El espectáculo posterior atrajo a varios vecinos y a toda la familia, los esqueletos emplumados aparecieron poco a poco, varios bajo una mata de guineos, uno debajo del motor de Frank y en la cocina. Uriel estaba horrorizado. Al ver a su patito vivo mirando el cadáver de uno de sus hermanos lo levantó del suelo y lo llevó al baño, donde le dio agua del lavamanos envolviéndolo con una toalla rosada pues tiritaba. Tía Momó dijo que lo que salvó al patico fue la cinta roja y la gente se daba golpes en el pecho con la mano cerrada. Al segundo patico lo que lo salvó fue que era de Washington y Washington lo tenía en una caja en su casa con un bombillo eléctrico para darle luz y calor como hacen con las flores en las granjas.

La coincidencia haría que Washington y Uriel adquirieran cierta fama simple durante unos días en los que todo el mundo hacía el cuento por teléfono sobre los dos afortunados patitos, y esta fama compartida los hizo jugar juntos ahora que Washington no mordía y tenía un patito con ojos bobos de niño sobrealimentado. Cuando le tocaba a Washington inventarse un juego los patos eran gallos de pelea o boxeadores, cuando le tocaba a Uriel decidir los patos eran patos y había que sentarse a mirar lo que hacían. A los pocos días el pato de Washington empezó a botar un líquido verde por el pico y todos pensaron lo peor. Uriel, aunque con miedo a que el suyo se contagiara de aquella cosa tan fea, sentía cierta felicidad al imaginar que el pato de Washington también moriría.

Marlene a veces tenía pesadillas y esas noches apretaba a Uriel en la cama sin compasión, y aunque casi no podía respirar Uriel se quedaba quieto hasta que su mamá alcanzaba alguna orilla segura y se relajaba un poco. Después de un apretón Uriel se levantó a buscar su patito y no lo encontró en la casa, ni pudo divisarlo a través de los barrotes de la puerta que daba al patio. Volvió a la cama y rezó el ángel de mi guarda dulce compañía, pero era muy tarde. A la mañana siguiente encontró un pato hinchado y tieso frente a la puerta de delante, la cinta con un nudo mal amarrado en la pata.

Algo andaba mal. Uriel conocía a su patito y también conocía a Washington. Tardó un segundo en conectar los puntos y corrió a la casa del vecino para encontrarse a Washington desayunándose y a su patito (Uriel estaba seguro de que era el suyo) encima de la mesa picando unas migajas de pan, muy sano y muy lindo, sin rastros de líquido verde por ninguna parte. Lo que a continuación sucedió es ya parte de la tradición oral del Cebollo, y de sus cientos de variaciones se expone aquí la de la mamá de Washington, que lo vio todo desde la cocina: «ei enano entró, miró a Washington, me miró a mí y se depegó como tre pie dei suelo de un brinco. Cayó de boca con la boca abieita sobre ei rotro de mi Washington que se lo depegó de un pecozón bajo ei ala, ei chiquito vueive y vuela y ahora se le reguinda de lo cabello, le di con una cuchara que tenía en la mano ai tiempo que voceaba a Momó pa que inteiviniera».

Momó y la primita de la trenza se lo trajeron a Marlene con la boca llena de sangre y hablando en lenguas, estirando las piernitas como un alicate. Y este cuerpecito convulso sacó de Marlene los cinco papagayos gonorréicos que le tenían la mente alquilada, dos sanguiches de lengua y la berenjena con ojos que Marlene tenía dos años viendo detrás de todas las persianas así como también un salero en forma de reloj de arena con el que se soñaba los martes y los sábados. El loco era ahora Urielito y a ella le tocaba cuidarlo y qué bien se sentía estar del lado de los que preguntan, con la mente en blanco,

poniendo paños de agua helada en una cabeza aje-
na, diciendo «calma, calma, que no panda el cúnico».

7

None escape.

Tu mamá te parió sola, sin doctor, sin comadrona, sin marido. En esos tiempos las mujeres parían muchachos como si fueran mierda y se podían criar diez con lo que ahora no se cría ni una tilapia. Fuiste la última y la más querida, sobre todo después de que se te desarrolló la facultad y más aún cuando tu mamá se dio cuenta de los litros de leche que podía sacarte. Tu mamá siempre se sintió dueña de tu talento porque fue con ella que lo encontraste, aunque conociendo las circunstancias en que la luz entró en tu cuerpo no se puede hablar de descubrimiento sino más bien de accidente.

Ese día fuiste con tu mamá a visitar a una prima recién parida a quien un coro de mujeres aconsejaba cuáles frutas comer y cuáles no, cuándo lavarse la cabeza, cómo sostener a la criatura, cómo limpiarle el ombligo. Por lo general una, la más corpulenta, le arrebataba el bebé a la madre para explicarle cómo hacer esto o aquello y la madre ponía cara de escuchar, mientras un temblorcillo en el labio inferior, que sólo tú, pequeña Armenia, notabas, quedaba como evidencia de lo mal que le caía la gorda a la nueva mamá.

Salieron de allí y tu madre te dio media batata asada para irla comiendo por el camino, «pero ten cuenta», te dijo, «no te me añugues». Recorrieron el camino polvoroso en silencio y sentiste ganas de pedirle a tu mamá que hablara porque las piedras anaranjadas y el polvo anaranjado al silencio del sol del mediodía te daban miedo. Ya podían oír el río cuando también escucharon unos gritos, sin apresurarse llegaron a la carretera y allí vieron a la mujer casi muerta en la cabeza del puente, donde algún vehículo tras atropellarla la había abandonado. La mujer llevaba una falda de florecitas azul cielo sobre un fondo púrpura y la sangre le fue tiñendo las florecitas hasta que no quedó ni una.

Corrieron hasta la mujer, cuyos gritos en creol hicieron que tu mamá se arrodillase junto al cuerpo halándote también hacia el suelo. Los gritos de la haitiana retumbaban en las piedras, que, a tus oji-

tos, ya pasaban del naranja tenebroso a un rojo en-
sordecedor. Tu mamá rezó un padre nuestro largo, como nunca lo habías oído, tan largo que cuando por fin llegó al amén cerrando con los dedos los
ojos de la difunta no te acordabas de cómo usar
tus piernas y levantarte.

Tu mamá lo cuenta de otra manera, dice que cuando estabas en su barriga ella te oyó llorando y que
un hombre se le apareció en sueños para decirle
que te pusiera Armenia. El día que la haitiana te
dio lo tuyo, tu mamá dice que venían de una boda,
que la haitiana murió de un infarto y que entre tú y
ella la cargaron hasta el río para que muriera con
los pies en el agua. Tú la dejas hacer el cuento a su
manera y te abanicas con un pedazo de cartón hasta que termina. Al final de cuentas a quien la gente
venía a ver era a ti y por quien hacían fila era por ti.
Armenia, la niña faculta. La niña que curaba la tu-
berculosis con una cuchara.

La parte del cuento de tu mamá que más le gusta a
la gente es la que relata cómo se te despertaron los
poderes esa misma noche al regresar de avisar en el
destacamento que una haitiana había fallecido a la
vera del río. Te fuiste a la cama temprano, una col-

choneta donde dormías tú y tres hermanitos más, bajo un mosquitero rosado. Como a las cuatro de la mañana tu mamá te oyó hablando, entró en la pieza y al escuchar la voz de la muerta en tu boca y ver tu cuerpecito tieso como una tabla, salió en bata a buscar a Homero, un brujo de San Juan, que sabría bregar con esta cuestión. El viejo te miró y de una vez dijo que había que preparar el camino, que la cosa era grande y que esto no era relajo.

Al mes ya estabas sanando gente como cosa loca. Tu método era sencillo. Tras ver entrar al paciente lo hacías acostarse en el piso, tomabas la cuchara del pozuelo con alcohol donde lo había colocado tu madre la noche anterior y de inmediato penetrabas el cuerpo enfermo con la misma, sacando el mal en forma de gusanos, piedras y erizos hacia fuera. En algunas ocasiones se te vio meterte la cuchara a la boca y engullir moluscos negros humeantes que acababas de sacar del seno a una señora como si de bizcocho de chocolate se tratara.

Cuando Tía Celia te trajo a vivir para la capital ya la luz se te había ido. Tu mamá te ayudó a sacarte un bebé con una tizana amarga y con el bultito de sangre se te fue también el talento. Tu mamá le vendió la cuchara a un antropólogo puertorriqueño que pasaba por allí de vez en cuando, y después de ahí tuviste que dedicarte a limpiar casas como antes limpiabas cuerpos. A veces dabas gracias a Dios por haberte quitado el don, bien sabe él lo mucho que se lo pedías cuando a tus catorce, y enamorada de Tavito, querías ser una niña normal y no una bruja que comía mierda. Al final ni Tavito ni la mierda te iban a salvar de Tía Celia, que por cien pesos y la promesa de hacer de ti «una mujer de calibre» te montó en su Toyota Camry 1979 para que tú le sirvieras toda la vida.

Lo loco es que a ti todo esto te parezca normal. Y más loco que a Tía Celia también le parezca normal haberte tenido en el cuartito de metro y medio que hay junto al área de lavado durante quince años. Un perro ya hubiese mutilado a algún niño en la calle.

Cuando escuché el golpe como de gallo aleteando en caja de cartón pensé que la mascota de un vecino se había metido en la secadora y que quizás tendría tiempo de rescatarla. Por la puerta entreabierta vi tu pie junto a la camita sandwich, con unos tenis Vans rotos que habían sido míos, como casi toda la ropa que te ponías había sido de alguien. Empujé la puerta y el olor a trementina me llenó el cerebro, porque en algún momento una lámpara de gas se rompió en el piso y Tía Celia te la descontó del sueldo. Tu cuerpo había caído en el suelo de lado y una pierna todavía descansaba sobre la cama. Te llamé y no abriste los ojos, me arrodillé junto a ti y en tu frente diminutas perlas de sudor aparecían de la nada. Grité tu nombre y la voz que Tía Celia usaba para pedirte que le trajeras una limonada con hielo picado salió de mi boca. Vi sobre tu cama pegada a la pared una foto de Danny Rivera recortada de un periódico hacía tiempo. Los rolos, los pinchos, la imagen de San Lázaro con el vidrio roto, las chancletas de goma, el pedazo de espejo recostado de un huacal de refrescos que era tu mesita de noche, el pintalabios abierto sobre la mesita y los aretes de presión que mi mamá y Tía Celia te iban heredando hacían silencio bajo órbitas de trementina. Y en ese apagón terrible que había dentro de ti viste una cosa tan buena y grande que te dieron ganas de salir corriendo a decírselo a alguien, la luz te había vuelto Armenia, pero tu cuerpo era un saco de plátanos.

Dejaste la boca cerrada no fuera a ser cosa que la luz se te saliera, que se te escapara como granos de arroz de un saco pichado. A lo oscuro te pusiste a buscar a Tavito o a tu mamá para dejarles la luz en una funda de plástico. Abriste los ojos y una muchacha flaca y desteñida, con esa cara que ponían tus pacientes cuando de una pierna les sacabas borra de café, estaba junto a ti. Quisiste preguntarme por tu mamá, por una funda de plástico, pero sin abrir la boca para que la luz no se te saliera. Tomé tu mano oscura y vi que querías decirme algo, pero apretabas mucho los labios, como en un concurso del que más dure sin respirar. Me miraste con la misma cara con que te quejabas del sucio en las medias de Tío Fin, apretaste mi mano y abriste la boca.

8

Presently the ground gave
rich and oozy under my feet.

El haitianito de la clínica, como mi abuela había bautizado a Radamés, había adquirido un español más fluido y podía contestar el teléfono, así que mis tíos sugirieron que me quedara unos días en cama recuperándome de lo de Armenia. Lo primero que me dijo Tía Celia la mañana después de que a Armenia se la llevara una ambulancia para un hospital sin nombre, de donde la recogerían sus familiares para enterrarla en su pueblo, fue que no me preocupara, que ya Armenia estaba del otro lado hacía tiempo, que sólo había que ver lo vaga que se había puesto en estos últimos meses. Escuchar a Tía Celia quejándose de Armenia, ahora que a la pobre negra la sazonaban los gusanos, me revolvió el estómago y estaba a punto de vomitar cuando de repente se produjo el fenómeno.

Del mismo zumbido de chicharras que yo esperaba para probar mis nombres en el gato, surgió un dibujo. Más que un dibujo era una idea. O mejor aún, una línea dolorosa en forma de bastón cuyo mango abría unas cortinas ubicadas detrás de los letreros horribles que yo usualmente leía en la mente de Tía Celia. Y en aquel lugar en blanco y negro vi a una niña con un vestidito de satén sentada sobre una mesa de cumpleaños junto al pastel con velas encendidas, unos ojos grandes como los de una animación japonesa gracias a un pelo tan estirado hacia atrás en una trenza que parecía que la frente iba a abrirse en dos. Y cuando la frente se abrió salió de allí un corazón azul con un nombre escrito en humo negro. Me esforcé un poco y pude leerlo: MINOS.

Lo curioso es que Tía Celia no me viera abrir estas cortinas suyas, con lo torpe que soy y con lo quisquillosa que es ella. Quizás porque a sus ojos yo estaba de pie junto a la puerta mirándola con cara de bandeja mientras ella se subía unas licras rosas muy apretadas sin ver que en realidad yo estaba apoyada en la mesa de su cuarto cumpleaños y que de su frente salía una espátula con un corazón azul con el nombre de su padre todavía humeando. Y vi en aquel humito hediondo el combustible de todos los letreros que Tía Celia tenía encendidos en su cabeza día y noche, el que decía «tu mamá es un cuero», el que decía «tu papá no te quiere» y el que decía «ningún hombre te querrá». Agarré el corazón en mi mano y le pasé la lengua, una, dos, tres veces, hasta que Tía Celia se sentó en la cama y empezó a llorar. Yo, que nunca toco a Tía Celia, corrí a abrazarla, y en un gesto rápido, para que ni ella ni la niña se dieran cuenta, le metí su corazón ahora a temperatura ambiente en la frente, sellando la abertura y aflojándole un poco el pelo. Ella me miró y no supo qué decirme ahora que los letreros se habían apagado. Se levantó de la cama y dio dos o tres pasos de oso borracho hasta los tenis, se sentó en el piso, cosa que nunca le había visto hacer y se los puso como si acabara de aprender a amarrase los cordones.

Ese día, cuando Adela, la vecina rubia con la que camina todos los días, llegó a recogerla, Tía Celia no vio a la ex reina de belleza que veía siempre sino a un ama de casa con tres libros de recetas leídos, con dificultad para pronunciar palabras como «predisposición» y «antepenúltima». Tía Celia leyó en la mano con la que Adela se colocaba un fleco de cabello detrás de la oreja los cinco hermanos varones que fueron a la universidad mientras ella se casaba con un hotelero, portando para cada graduación una barriga de nueve meses con la que contrarrestar el daño que los diplomas de sus hermanos le hacían. Cuando la caminata doblaba la esquina de la avenida Lope de Vega, Adela comenzó a hablarle de lo malos estudiantes que eran sus hijos y Tía Celia, que usualmente interrumpía cualquier tema relacionado a la maternidad llenándose la boca hablando de lo difícil que era poner en cintura a veintiocho obreros haitianos en una construcción, se quedó callada, entendiendo la envidia que los hijos de Adela le causaban, y unas esquinas más adelante, viendo en un plano, dibujadas en líneas azules, todas las envidias que Adela y ella se tenían, y cómo sobre estas líneas se había levantado el estable edificio de una amistad.

Para entonces yo estaba enrollada en una manta verde en el sofá de casa de Tía Celia imaginando que ni Radamés ni Tío Fin iban a acordarse de darle comida al gato y que el gato moriría sin nombre. Sonó el timbre y tardé un momento en desenrollarme y abrir la puerta, vi a una morenita con demasiado pintalabios en la boca: Susy me dijo que se llamaba y que era sobrina de Armenia. Vivía en Los Alcarrizos y había venido a buscar los trapos que su tía había dejado. Sin dejarla entrar, porque qué sabía yo si era un cuento, corrí al cuarto de Armenia y metí en una funda del supermercado dos blusitas rameadas que se ponía los domingos, unas chancletitas de piel con hebilla, los aretes, las pulseras de plástico y los rolos; la foto de Danny Rivera la dejé en la pared, así como el pedazo de espejo sobre la mesita. Le puse la funda en la mano y le tiré la puerta en la cara imaginando a la Susy ensuciando con su pintalabios nacarado las blusitas de Armenia, bailando en un bar de paragüitas con dos tigres al mismo tiempo.

Tía Celia volvió de su caminata con veinte años menos, enseguida preparó unos huevos revueltos que me hizo comer con pan tostado y limonada. Yo se lo agradecí porque desde que Armenia se había muerto tenía un solo mareo que Tío Fin diagnosticó como azúcar bajita. Prendimos la televisión y estuvimos viendo un documental sobre la capacidad reproductiva de una rana escandinava y al mediodía me preguntó si quería seguir trabajando en la clínica. Lo raro es que le dije que sí y que quería regresar esa misma tarde, lo que la hizo sentirse muy orgullosa de mí y abrir la cartera y entregarme un billete de cien pesos que penetraron en todos los aposentos de la casa con su olor a arena y gasolina. Cuando cerraba el zipper de su bolso me explicó:

«Eso era lo de Armenia esta semana; como no tengo a quien pagárselo, gástatelo tú».

Corrí a cambiarme y pensé tomar un taxi hasta la clínica, pero decidí guardar el dinero de Armenia e invitar a Vita al cine o a un hamburguer de Don Pincho. Saqué unos pantalones de la secadora y me los puse allí mismo frente a la máquina. Cuando introduje la mano con los cien pesos sentí algo al fondo del bolsillo, saqué un papelito arrugado que a pesar del agua, el detergente y las altas temperaturas había sobrevivido, al abrirlo vi escrito mi nombre y recordé la tarde en que había pensado llamar al gato con el mismo, volví a hacerlo una pelotita y lo tiré en el cubo de la basura.

Camino a la clínica iba calculando los meses que tendría que trabajar para comprar una computadora. El único en mi clase que tenía una era Esaú, un chamaquito evangélico que sacaba A hasta en religión y eso que el colegio era católico. Esaú me dejó hacer dibujitos en Paint un día que nos tocó hacer un trabajo en grupo en su casa y estuvimos hasta las tres de la mañana cortando y pegando fotos en una cartulina amarilla. El proyecto era sobre las proteínas y yo encontré unos huevos fritos en una revista *Vanidades*. Al final de la noche Esaú se puso muy raro y me llevó a ver unas tortugas que su mamá alimentaba en una pileta en el patio. Nos sentamos en el borde de la pileta, donde dos lotos flotaban a la luz del poste de la calle y Esaú me preguntó si yo quería ser su novia. Yo sentí el frío y los temblores que salían de su cuerpo así que le dije que sí metiendo un dedito en el agua. Al otro día Esaú me trajo unos aretes de brillantes a la escuela y yo, que no tenía las orejas perforadas, no supe qué decirle. Durante el recreo me tomó de la mano y caminamos hasta los laboratorios donde daban clase de computadora y manualidades, y cuando estuvimos bajo el parqueo techado que había debajo Esaú se abrió la bragueta y se sacó un pene marroncito duro como el mango de una sartén. «¿Tú lo quieres?», me preguntó y yo se lo agarré en un puño mirando que no viniese la Hermana Nieves. Después de eso le devolví sus aretes y le dije que yo no podía ser su novia, pero que si él quería podíamos ser amigos.

Al llegar a la clínica, Radamés estaba recostado a lo largo de tres asientos en la sala de espera, con una mano se acariciaba el pecho y la otra le servía de almohada bajo la cabeza. En cuanto me vio se incorporó y me dijo «hola, muchacha» y aquel «muchacha» me hizo caminar hasta el escritorio, abrir mi libretita y escribir nombres para el gato que ni me gustaban ni nada (Ludwig, Manfred, Ben). Radamés se levantó y se dobló sobre el escritorio, tomó una de las bocinitas que Tía Celia me había regalado y me preguntó: «¿cuánto tú quieres por estas bocinas?», como si yo estuviese vendiéndolas. Le dije que no las vendía y que con qué él pensaba usarlas. Me dijo que sus compañeros de pensión tenían un discman como el mío y necesitaban unas bocinitas para oír música. De repente el panal de tierra donde yo me imaginaba que Radamés vivía se convirtió en una pieza con muebles y puerta. Radamés se rió como si en mis cejas súbitamente diagonales pudiera ver lo que estaba pasándole a la madriguera que yo le había adjudicado por vivienda. Soltó la bocinita y abrió la puerta de un clóset para sacar una escoba con la que se fue a barrer sabe Dios qué rincón del consultorio de Tío Fin, tarareando una cancioncita de The Doors que yo

había puesto unos días antes, yo creo que era
«Moonlight Drive».

Desde que empecé a trabajar aquí he visto de todo.
Boxers cojos apellidados Windsor, huskys sibe-
rianos con dermatitis aguda, papagayos cuyo pico
sirvió de almuerzo a una especie de hongos cono-
cida sólo en Tasmania, gatos angora a los que luego de ver *El séptimo sello* de Bergman les coge con
despertar a sus dueños todas las noches a las 3:33
de la madrugada, terriers anoréxicos, collies minia-
tura entrenados para marchar al ritmo de la *Patética* de Beethoven, chihuahuas que se creen mino-
tauros, rottweilers con complejo de culpa y mo-
nitos entrados de contrabando por un danés que le
cargaba los bultos a Janis Joplin. A veces los dueños de los pacientes vienen peor que los animales y
hay que darles un vaso de agua y cantarles una cancioncita. Tío Fin pita una mientras examina a sus
pacientes y yo creo que es para calmar más a los
amos que a las bestias. A veces llega una muchacha
con lentes manejando un BMW y apea un viralatas
que recogió sabe Dios de qué esquina medio muerto y dice que lo bañemos y lo atendamos y nos
deja la tarjeta de crédito de su papá en un sobre y
cuando leo la tarjeta dice MINOS COMARAZAMI y a

mí me hace gracia que los únicos lugares en los que he leído el nombre Minos es en los libros de mitología griega, que me encantan, y en el corazón de mi tía Celia, así que en cuanto mi tía llega le muestro el sobre y ella saca la tarjeta y enseguida quiere ver el perro que trajo la muchacha. Yo bajo con ella al sótano donde Radamés está bañando al animal con un garrapaticida especial que no maltrata el pelo ni pica en los ojos.

Tía Celia sube las escaleras muy despacio y se sienta en mi escritorio, abre una gaveta y vuelve y la cierra, apaga la radio, respira profundo y me dice que llame a Tío Fin que todavía no ha llegado, cuando por la puerta entra otra persona, esta vez sin ningún animal en brazos y eso sí que me da miedo.

Lo del miedo no es por vainas raras sino porque los únicos que entran en la clínica sin una mascota, además de Radamés y yo, son Tía Celia y Cutty, y hasta el momento los dos siempre significan malas noticias. Como ahora casi siempre Radamés está en la sala de espera conmigo, Cutty se limita a preguntar por Tío Fin y a hacer algunos chistes en los que un haitiano termina siempre muerto cayendo de un avión, un puente o del cielo. Radamés se ríe de estos chistes y le pregunta a Cutty que quién se los enseñó y Cutty dice que no se acuerda y se agarra la entrepierna. Pero si hubiese sido Cutty el que entrara por la puerta, Tía Celia le habría preguntado por su mamá y Cutty, mirándose los pies, habría dicho «bien, se está mejorando» y, sin preguntar por Tío Fin, se habría metido en su casa.

El que entró por la puerta no era bajito como Cutty, ni musculoso como Cutty, ni tenía tatuajes que yo pudiera verle, pero habría reaccionado de la misma manera que Cutty si a Tía Celia se le hubiese ocurrido preguntarle por su mamá. El que entró por la puerta era alto y flaco como Fin, con los ojos tristes y el pelo color miel de Fin, con unos pantalones acampanados marrones, con las nalgas desteñidas, que hicieron que Tía Celia recordara el porqué se había casado con Fin y cómo Fin la pasaba a buscar a la escuela de arquitectura de la Universidad Pedro Henríquez Ureña en un Camaro viejo descapotable con su melenita arrubiada y sus manos largas alrededor del volante y cómo ella lo esperaba con su macuto tejido y unos lentes de sol detrás de los que podía esconderse un hipopótamo. En aquellos tiempos Fin hacía que los letreros que le decían cosas feas a Tía Celia en su mente se apagaran por un rato, algo en Fin la hacía sentirse hermosa y por un tiempo dejó de hacerse esa trenza que le estiraba los cueros de la frente y empezó a dejarse un pajón y un afro, por el que la recuerda todavía mi abuela cuando la culpa de haberle movido la casa con unos haitianos.

El muchacho abrió la boca y Tía Celia esperaba que le dijera «hola, mi nombre es Fin ¿y el tuyo?», como le dijo cuando la conoció hace unos quince años en el hotel Embajador, donde la mamá de la quinceañera lo hizo sustituir al novio como chambelán a la hora de las fotos porque Tío Fin con ese tamaño y ese pelo quedaba mejor para el recuerdo.

El muchacho de pie frente a mi tía dijo su nombre, el de verdad, Uriel Peña, y a Tía Celia le pareció que le estaban metiendo un cuento, y si había algo que no le gustaba a Tía Celia eran las mentiras y tenía un olfato agudo para detectarlas. Gracias a ese olfato una tarde de mayo en 1978 entró en el primer consultorio que tuvo Fin, un pequeño cuarto alquilado en la clínica Jessica Johnson, y a pesar de encontrarlo muy tranquilo dizque limpiando sus lentes de sol con un trapito, algo le hizo levantar la tela que cubría la parte inferior de la camilla, de donde salió una muchacha muy bonita con la cara colorada de la vergüenza a quien Tía Celia le dijo desde perra viralata hasta tierrita. La muchacha se fue llorando y Tío Fin se casó con Tía Celia una semana después.

Como Tía Celia no se levantaba de mi silla ni decía nada, le pregunté al muchacho «¿qué desea?». «Me gustaría ver al señor Fin Brea.» Y dijo el nombre de mi tío masticando pétalos de rosa. Tía Celia y yo nos miramos y dijimos al mismo tiempo: «no se encuentra». El tal Uriel sonrío y en sus dientes blanquísimos se hubiese podido colocar una valla anunciadora; se pasó la mano por el pelo y dijo que vendría en otra ocasión.

Sin darle tiempo a Tía Celia de hacerme preguntas sobre lo que yo pensaba de esta visita bajé al sótano y encontré a Radamés secando al perro con una toalla, al verme abrió los ojos grandes y sacó de lo oscuro una butaquita para que yo me sentara. Radamés parece que tiene algo en la boca, mueve la lengua con los labios cerrados como si hablara hacia dentro mientras agita la toalla a mil millas por segundo, luego se voltea y me pregunta que qué es lo que escribo en mi libretita todo el tiempo, me la saco del bolsillo del pantalón y estiro la mano para mostrársela, pero me acuerdo de que Radamés no lee español así que vuelvo a recoger el brazo y le explico que el gato no tiene nombre porque no he encontrado uno que sirva, un nombre al que el gato quiera responder. Él se pone muy serio y me dice que hay cosas más importantes que un nombre. Radamés está casi desnudo, con unos pantaloncitos cortos que usa para bañar a los perros, y el agua en su piel, con la poca luz que entra por una ventanita, le saca un brillo de cetáceo. Está claro que Radamés piensa que lo que hago es un disparate y que el gato no va a cambiar nunca. Agarro un trozo de toalla que hay en el piso y me acerco para ayudarlo a secar el perro, cuando estoy cerca me agarra con dos dedos por la muñeca para dirigir el ritmo de mi mano, me mira a los ojos y no me dice nada. Luego muy tranquilo enciende el secador echando aire caliente y ya su boca no se mueve mientras yo subo las escaleras escuchando el zumbido del aparato, sintiendo a un delfín fuera del agua sacudiéndoseme adentro.

9

*Then we went into the laboratory
and put an end to all we found living there.*

De camino a Don Pincho, Radiomil Informando
daba sus últimos zarpazos, Kuwait, Irak, el golfo
y Saddam Hussein eran mencionados por un locutor que narraba la situación como una carrera de
caballos. «El fin del mundo», decía el taxista, «todo
comienza por ahí, Babilonia, la guerra del final de
los tiempos.» Yo rezaba porque Ana Rebeca, Mar-
quitos o cualquiera de los comemierdas que iban a
La Salle conmigo no pasara por el frente de Don
Pincho y me vieran con el haitiano. Cuando Vita
entró en la clínica para recogerme porque yo la
había invitado y vio a Radamés en la sala de espera
y le preguntó que si quería venir y él dijo que sí,
quise matarla.

La idea de aparecerme en Don Pincho con Radamés, con su camisita de cuadritos manchada de

caliche y los tenis de trabajar en la construcción con la suela en la parte delantera despegada como dos payasos sonriendo, me dio escalofríos. Me imaginaba las risitas y las narices torcidas diciendo mi nombre y después «haitiano». Cuando por fin llegamos a Don Pincho yo ya sentía dos pajarracos donde comienza el estómago. Mire a Radamés cogiendo fresco en la ventana del taxi y cerré los ojos pidiendo al cielo que lo hiciera desaparecer. Vita abrió la puerta y salió riéndose como siempre y por una milésima de segundo sentí que todo iba a estar bien hasta que al salir al aire vi en el murito exterior de Don Pincho a la mitad de los muchachos y muchachas de mi clase bebiendo batidas de fresa con leche evaporada Carnation.

Radamés se desmontó de último y nos siguió a paso de gacela; Vita, a quien no le importa ni lo que piensan los muchachos de mi curso ni ningún otro, siguió caminando. Yo la seguí levantando la mano como esos jefes indios que en las películas viejas dicen *jao*, logrando que Fabio y Enmanuel levantaran la barbilla a manera de saludo. Ordenamos en la caja y nos sentamos en una mesa cercana, cuando Vita sugirió la mesa más visible de todo Don Pincho dije que sí para que no pensara que me pasaba algo. Allí esperamos que nos llamaran por el altavoz para recoger nuestras hamburguesas. Radamés estaba muy tranquilo y jugaba con la envoltura de un calimete que habían dejado en la mesa, Vita buscaba algo en su mochilita y yo no tenía nada parecido al hambre. Alguien dijo mi apellido por un micrófono y fui a buscar la comida. Estuve masticando sin decir nada, mirando una montaña de papas fritas embarradas de cachú hasta que sentí como un pedazo de carne del tamaño de un ratón trato de bajar por mi garganta y no pudo. Me mecí sin alcanzar aire unas cuantas veces hasta que por fin me decidí a mirar hacia arriba. Vita, como con quince papas en la boca, empezaba a hablar de Italia y al fondo mis compañeros de curso modelaban los Oakleys de sus hermanos mayores. El ratón en mi garganta comenzó a inflarse y Radamés, que sabe mucho de ratones porque tiene que poner trampas para los que el gato sin nombre no se come en la clínica, me abrió la boca y con dos dedos larguísimos, muy juntos y afilados, me empujó el trozo de carne hacia adentro, en un gesto que yo le había visto a Steven Seagal. «Gracias, Rada», le dije con un sabor a sangre en la boca y él se quedó callado buscando un hielito que mascar en el fondo de su vaso. Vita tenía los ojos abiertos como dos piscinas y tardó unos minutos en preguntarme si estaba todo bien. Los muchachos de mi escuela pasaron todos juntos por el lado de la mesa, con cuellos muy delgados bajo los botones de sus poloshirts rayados, no habían visto a Rada, como tampoco a mí, pero lo mejor era que ni Rada, ni Vita habían visto lo que, junto con la carne, meneaba la cola en mis adentros.

Cuando no quedaba ya comida en la mesa y yo podía respirar sin que me doliera salimos de allí caminando por la 27 de febrero. Rada se montó en una guagüita y dijo «adiós, muchachas» con la mano como un abanico. El cielo se hacía cada vez más oscuro y Vita y yo decidimos caminar hasta la casa de mis tíos. Vi a Vita con el rabillo del ojo, con los ojos tan azules y la sonrisa tan afuera. Para ella, Radamés y yo éramos iguales. Volví en mi cabeza a la mesa, al día en que Vita y yo nos conocimos, a las letras que en mi suéter escribían la palabra Benetton, a la primera vez que me invitó a su casa, a los gestos de Vita, a las risas y el movimiento de su dedo pulgar tratando de rescatar líquido cuando el vaso se le rebosaba. Luego a mi miedo, a Kuwait y al fin de los tiempos. A unas cuantas cuadras le pedí a Vita que me diera un momento, me senté en la acera porque el azúcar me bajaba de nuevo y vi a Armenia como la encontré en su cuarto y me rodeó el olor a trementina de la lámpara rota. Y Armenia estaba de nuevo viva y limpiaba el techo de telas de araña con una escoba muy larga y me las metía en la boca en una bola que sabía a chicle.

10

When I heard that, I forgave the poor wretch
all the fear he had inspired in me.

Las tardes en que ni una lagartija menopáusica se
asoma por su consultorio, Tío Fin hace una de dos
cosas. La primera, casi siempre más a menudo, es
irse sin decir adónde, dejándome a merced del librito de Tía Celia, en el que yo, para proteger a mi
tío, me invento toda clase de consultas a domicilio
con nombres de pacientes que saco de la agenda
del doctor, que es una libreta muy parecida a la
mía en la que además de nombres hay números y
notas que le recuerdan que tiene que llamar a
Marlon Gómez y en las que a veces hay dibujadas
caritas con narices de payasos que se repiten infini-
tamente y que Tío Fin hace cuando habla por teléfono. La segunda opción de Tío Fin es quedarse
en la clínica y decirme que me tome la tarde. Yo ya
tengo planes y Vita, que siempre me hace el coro,
se aparece en un abrir y cerrar de ojos de donde yo

la llame, que es por lo general de Plaza Central, donde hablamos con muchachos y muchachas de AFS, belgas, noruegos y hasta italianos como Vita, pero que no vienen a quedarse como ella sino que vienen de intercambio a pasarse un año aquí, viviendo en la casa de una familia dominicana. Lo primero que yo les pregunto es por qué eligieron venir a este país tan feo. Ellos responden que no tienen idea, algunos querían ir a Cuba o Jamaica y como no había cupo terminaron en Santo Domingo, Moca y, sin un Dios por delante, bañándose con una latita en Villa Altagracia. Uno de esos días después de que Tío Fin nos dijo a mí y a Rada que nos fuésemos y yo salí disparada hacia la calle a encontrarme con unos amigos en el Parque Mirador tuve que devolverme pues había olvidado mi cartera. Al llegar a la clínica la puerta estaba cerrada con seguro, pero la camioneta de Tío Fin estaba allí. Penetré el callejón que rodea el edificio por detrás, alguien se había cagado allí y el olor era tan intenso que por un momento parecía que el mundo entero era la fuente de aquel aroma estridente. Pensé en taparme la nariz pero después de unos segundos la mierda no me molestaba, más bien me gustaba y aspiré hasta que la fetidez me llenó los pulmones. Los mojones color mostaza reposaban bajo la ventana de mi tío y tuve que colgarme de los barrotes de la ventana para no pisarla.

El callejón está a un metro por debajo del primer piso así que para lograr mirar hacia adentro y llamar la atención de mi tío escalé la pared, dejando las huellas de mis tenis en la pintura verde, cuando Tía Celia las vea, pensé, pero ya mi cabeza alcanzaba el borde y mis ojos localizaban a Tío Fin, descalzo, sentado en el suelo al fondo de su consultorio, las piernas cruzadas como Gandhi en la foto del libro de Vita y los ojos cerrados. ¿Qué significaba todo esto? Pensé que por fin tendría algo interesante que comunicarle a Tía Celia. Tío Fin se había vuelto loco.

Decidí no despertarlo, porque aunque su espalda estaba erecta parecía estar durmiendo. Me solté de los barrotes con cuidado de no aterrizar en la plasta y salí del callejón. En ese momento la puerta trasera de un Apolo Taxi se abría y de allí dentro emergían Cutty y una mujer joven pero con el pelo canoso y despeinado, las uñas comidas hasta la raíz y una bata de estar en casa metida por dentro de un pantalón de hombre. Cutty le colocó la mano en la cabeza para que no se la golpeara al salir con una ternura que hasta entonces sólo se le había visto para con la Vespa. La mujer me miró directamente a los ojos y yo levanté la mano para saludar aunque ya para entonces se metían en la casa y cerraban la puerta. Cutty me había dicho, un día en que no se sacó el güevo, que a su mamá le estaban por dar de alta y que pronto regresaría a vivir con él y con su abuela, los imaginé comiendo bizcochitos de guineo con café, mientras Cutty le mostraba a su mamá la Vespa y las piezas que le faltaban en un croquis dibujado con carbón en la pared.

En el parque Mirador Vita estaba montada a caballito en los hombros de un italiano de siete pies. Hacían chistes en su idioma que yo entendía a medias gracias al libro de Morrison y cada vez que Vita se reía a mí me daban ganas de escupirle la cara. Después de un rato me subí a los hombros de un alemán para no sentirme tan mal y Vita y yo comenzamos a jugar a los gladiadores allá arriba. Ella no sabía la oportunidad que me estaba dando, y en cuanto me tocó con la punta de su dedo por accidente le devolví el golpe con una trompada que la hizo sacudirse en los hombros del italiano y caer de lado sobre la hierba. Después de ahí todo lo recuerdo como en un sueño, Vita llorando tratando de parar la hemorragia, yo llorando suplicándole que me perdonara y el italiano diciéndome que si yo estaba loca o qué. La verdad es que sí, estaba loca, y desde hacía mucho tiempo. Cada vez que veía a Vita demostrar cualquier tipo de afecto a cualquier muchacho se me cruzaban los cables y en la boca algo amargo y duro se podía masticar. ¿Cómo se lo explicaba al italiano? ¿Cómo se lo explicaba a Vita? El grupo, ahora constituido por Vita, el italiano y yo, se movía en dirección a la Núñez de Cáceres, por donde Vita vivía, el italiano abrazaba a Vita con un brazo y con el otro me mantenía alejada. Yo seguía pidiendo perdón y Vita no decía nada, mirando la bandana amarilla que el alemán le había regalado para la sangre, que ya había parado de manar de su nariz. Cuando llegamos a Pollos Victorina nos detuvimos para que Vita se amarrara el pelo en una cola. La miré a los ojos mientras detrás de mí un coro de niños de la calle tocaba el cristal del picapollo para interrumpir la comilona del otro lado, donde una familia se metía muslos y pechugas a la luz de los bombillos blancos.

Le dije: «Vita, si yo te explicara por qué te di esa trompada tú no me hablarías nunca más. Si tú quieres que eso pase y que nunca más seamos amigas yo te lo explico». Me limpié los mocos con el borde de mi camiseta y empecé a caminar en la dirección opuesta. Vita, como en una película mexicana de las que daban en el canal seis, se sacudió al gigante de encima y me persiguió hasta tocarme el hombro. Me pidió que durmiera en su casa y cuando llegamos a la puerta le pidió a Guido que se fuera a la suya. La mamá de Vita es muy comprensiva y cuando le dijimos que Vita se había roto la nariz jugando a la lucha libre conmigo sacó un puño de hielo para su hija y luego se fue a preparar la cena. Comimos en silencio y después vimos una película de la colección del papá de Vita; como yo les había dicho que me gustaba la mitología griega me pusieron *Edipo rey* de un director que se llama Pasolini. Yo conocía la historia, la esfinge, el destino cruel, etc., pero lo que no me esperaba era que el papá de Vita me dijera en medio de la película que Pasolini era homosexual, y yo en ese momento no sabía si tenía que reírme o decir algo muy serio, me levanté para ir al baño y detuvieron la película hasta que yo volviera. Al entrar al baño me miré en el espejo porque realmente no tenía que utilizar el inodoro. Vi mi cara sin pómulos y mis ojos rasgados y toqué la punta de mi nariz empujándola hasta que surgió un cerdo en el espejo y dije con una voz extraña: «homosexual». Cuando volví estaban todos en silencio y estuvimos así hasta que acabó la película, con un Edipo en la Italia de los años setenta mendigando tuerto de los dos ojos.

Los papás de Vita se fueron a dormir y nos quedamos en la sala solitas. Ella me preguntó si quería ir al techo y le dije que sí, subimos por una escalera de caracol y nos echamos boca arriba sobre un pedazo de cartón. No había muchas estrellas, unas cuantas que se asomaban detrás de nubes amoratadas. Le conté a Vita lo que había visto a mi tío haciendo en la clínica y ella me dijo muy tranquila que a lo mejor mi tío era budista.

Budista. Como Caine el de *Kung Fu*. La única imagen de Buda que mis diez años de colegio católico me habían permitido ver era una estatua de un Buda obeso de cerámica en el consultorio de mi dermatólogo. Mi mamá al salir de allí me explicó que el Buda era el dios de los Chinos pero Vita tenía una versión muy diferente.

El Buda, como Gandhi, había nacido en la India y al parecer en una familia muy importante. Un día salió de su palacio y se encontró con un muerto, un enfermo y un anciano, cosas que al parecer no existían en su vida de príncipe. El dolor humano lo conmovió y decidió buscar la razón de tanto sufrimiento y después de mucho pensar se dio cuenta de que la razón era el apego. El apego a las cosas y a la gente. Creemos que las cosas son para siempre y nada es para siempre.

En aquel momento yo no veía a Vita, porque además de estar muy oscuro las dos mirábamos el cielo y su voz clara y musical salía de las mismas estrellas escondidas de las que hablábamos antes. Luego se incorporó apoyándose en un codo y me preguntó si yo era gay. Volví a ver el Buda barrigón en aquel diminuto consultorio al que fui por unas ronchas en la piel y a la mamá de Cutty saliendo de un taxi, cerré lo ojos haciendo un esfuerzo por ver las estrellas en la parte trasera de mis párpados y sin pensarlo mucho le dije que no y mi «no» fue largo y voluminoso como cuando el viento de un huracán se mete en los túneles de la ciudad aprovechando que los carros y las gentes están en sus casas guarecidos. No dijimos nada por un rato y luego ella hizo lo que yo hacía siempre y repitió mi última palabra con una vocecilla inventada y mi «no» nos hizo reír como ardillas electrocutadas hasta que a Vita se le pusieron los ojos como dos huevos fritos y bajó corriendo la escalera para enseñarme un libro que había en la biblioteca de sus padres.

La biblioteca es una habitación de la casa donde han colocado muchos anaqueles y un escritorio con una máquina de escribir del año uno porque al papá de Vita le encantan las vainas viejas. Vita se sube a una silla y saca un libraco que parece un diccionario, lo abre y me muestra unos Budas flacos y ataviados con pulseras y collares, con melenas largas y sentados en una flor que he visto en los estanques del jardín botánico y en casa de Esaú. Busco la primera página y leo la introducción. Allí dice que estos Budas son del Tíbet y habla de lamas, de sutras y de un camino de ocho pasos. En una página, además de los Budas, hay una rueda de ocho radios que simbolizan los ocho pasos. En el libro también dice que cualquier persona puede llegar a ser un Buda y que todos tenemos un Buda dentro.

Como al otro día era sábado me fui a pasarlo donde mis abuelos. La abuela le estaba dando vacaciones al cuento de la casa rodada y a los submarinos y la muchacha que la cuidaba estaba de lo más contenta con tanta paz. Salimos al patio a coger fresco y la abuela me ofreció un café con leche como si ella misma fuese a prepararlo. La muchacha nos trajo a las dos café con leche y unas tostadas con mantequilla. La abuela, que le dice a la muchacha «norsa», que me imagino viene de nurse, se me acerca y dice muy bajito: «es una asquerosa». Luego se ríe sola yo no sé de qué y me empieza a contar de un nieto que tiene y que si yo lo conozco. A lo mejor Mandy ha pasado por aquí o es que la abuela, en su cercanía con la muerte, tiene visiones y ya sabe más que yo del muchacho que fue a la clínica igualito a Tío Fin. Pero a la abuela no hay quién le pregunte nada; ella está en un lugar de donde no salen respuestas, sólo frases sueltas que uno tiene que ir colocando en un crucigrama. Como a la hora, después de hablarme de la maestra que la enseñó a leer en la plantación y que vino de Pensilvania, volvió a ponerme el tema, ahora con detalles gráficos como la forma de los ojos del niño y el gorro rojo que tenía, y ya empezaba a anochecer cuando me tiró el cuento completo de la muerte de Príncipe, el perro de Tío Fin, «a quien todo el mundo en el barrio amaba. Un perro fiel como no hubo otro, que vivió veintiún años humanos que es como decir, en años perrunos, que era Matusalén. Fin adoraba a ese perro, y el día que murió se la pasó llorando en su cuarto hasta que una muchacha dizque puertorriqueña vino a buscarlo. Se lo llevaron a bailar y yo feliz, para que se animara un poco, cuando al año se me apareció aquí la misma muchacha pero con acento cibaeño, con un niño igualito a Fin con un gorro rojo de lana. Yo sabía que era nieto mío, pero Fin no estaba aquí, realmente yo estaba sola y los ojos de ese niño muy grandes me dieron miedo y les cerré la puerta en la cara».

11

The change was slow and inevitable.

Además de las cuatro construcciones que está llevando a cabo (dos edificios en Villa Juana, una escuela en San Cristóbal y un club para Locutores), Tía Celia encuentra nuevos hobbies donde conocer gente interesante a quien invitar a sus inauguraciones. Desde que se graduó en la UNPHU no ha abierto un libro, y llega a sus diseños a partir del sentido común y un espíritu creativo que sabe Dios cómo sobrevive a tanto letrero y tanto calor. Las construcciones se las ha conseguido a Tía Celia un hermano de su mamá que trabaja en el partido desde los doce años, es por eso quizás que Tía Celia va a todas las reuniones del partido y en su camioneta lleva un sticker que dice Balaguer 1986-90 de la campaña pasada. Pero a Tía Celia la política no le importa mucho y cada vez que ve a algún senador, diputado o síndico en la televisión, dice entre dientes «sinvergüenza» y cambia la televisión para poner una telenovela o un juego de pelota, que a Tía Celia los deportes le encantan, comenzando por el tenis y terminando por la bocha. Tía Celia nada todos los días y también corre y hace bellydance y yo trato de sacar la cuenta de cómo le alcanzan las horas para todo eso y para bregar con los cuatrocientos haitianos que tiene en cada construcción y no me da.

Los días de pago Tía Celia, que prefiere hacer ella misma las matemáticas, saca una caja con sobrecitos de papel manila, un lapicero y una libreta, también una pequeña caja de metal con candado donde guarda el dinero. Se sienta en la mesa con una taza de café negro grande y comienza a distribuir billetes de cien pesos en grupos de dos o tres, luego anota los nombres (Filomé, Jean-Jaques, Luc-Valentin) en el sobre, lo lame y lo cierra. En una de esas sonó el teléfono y era mi mamá. Me preguntó si todo estaba bien y yo quería decirle que tenía un sobrino que se llamaba Uriel, que en la clínica había un perro nieto del papá de Tía Celia, que Tío Fin era budista y que a lo mejor yo era gay, pero no quise dañarle su viaje y le dije que todo estaba viento en popa, que es como mi mamá dice cuando todo anda bien. Ella me contó que en Versalles había pisado la grama de un jardín y un policía casi la arresta, que en Italia la gente habla tan alto como nosotros y que Praga era lo más bello que ojos humanos hubiesen podido ver. Luego entró en detalles sobre la Expo de Sevilla y de lo lindo que estaba el *stand* de República Dominicana. Se me ocurrió que era el momento adecuado para pedirle que me comprara una computadora y me dijo que hablaríamos de eso cuando regresara.

Tía Celia contaba billetes en la mesa redonda de caoba a la luz de un pequeño candelabro que colgaba del techo. Tranqué el teléfono y me preguntó que para qué yo quería una computadora. Pensé decirle que allí podría tener una lista de nombres para animales sin preocuparme por papel, y podría organizarlos alfabéticamente o por fecha de entrada. También pensé decirle que allí podría dibujar y escuchar música y que pronto habría una cosa llamada Internet con lo que uno podría enviar mensajes a otras personas en el mundo, pero Tía Celia no iba a entender así que le dije que la quería para escribir. Ella se echó hacia atrás dejando caer en el respaldo de su silla todo el peso de su cuerpo y el de todos los haitianos que trabajaban para ella y pude ver que sobre las orejas empezaban a crecerle canas y en sus ojitos pequeñas patas de gallina la aruñaban cada vez que se veía en el espejo. Quise ofrecerle ayuda, no sé para qué, y ella se agarró a un par de sobrecitos y me dijo lo siguiente: «Fin se cree que yo soy pendeja. Hoy mientras yo recibía a Mingo, el que me consigue los haitianos en la frontera, se me prendió un bombillo. Ese muchacho que fue a ver a Fin a la clínica era apellido Peña, y si mal no recuerdo ése era el apellido del cuero que yo encontré en el consultorio de Fin antes de casarnos. Yo creo que Fin la preñó, porque más nunca yo volví a ver a esa mujer. ¿Será que ese muchacho es hijo de Fin?».

Yo me quedé callada, con los ojos puestos en la hora en números azules que parpadeaba detrás de Tía Celia, en la pantallita del VHS. Si le contaba lo que mi abuela me había dicho la noche anterior, había que aceptar como real también todas las otras locuras de la vieja. Y Tío Fin, engalanado con todas las guirnaldas y caracoles propios de un Bodhisattva, era ahora más intocable que nunca. Me decidí a ayudarla, pero sin decirle lo que ya sabía, viéndola recorrer un laberinto para ratones de laboratorio, mientras yo desde arriba podía, si quisiese, sacarla de allí por la cola, ¿pero para colocarla dónde?

Se levantó para preparar más café y la seguí a la cocina, allí forcejeó con la cafetera y al alcanzar la azucarera vio que estaba vacía. Se estiró para sacar una bolsa de los gabinetes, pero la bolsa tenía un hueco que algún roedor había hecho en el fondo y el polvo blanco se esparció por el piso. Me agaché para recogerlo al mismo tiempo que Tía Celia haciendo que nuestras cabezas al chocar sonaran como dos calabazas huecas. El dolor fue tan agudo que tuvimos que sentarnos en el piso a pasarnos la mano por el golpe. En otra ocasión Tía Celia se hubiese encargado de limpiar el reguero en una millonésima de segundo pero nos quedamos allí riéndonos hasta que llegó Tío Fin y nos encontró allí sentadas junto a una montañita de azúcar. A Tío Fin le colgaban dos fundas del supermercado de las manos y se abrió paso entre nosotras para colocar los productos en la nevera y la despensa como si siempre hubiésemos estado allí abajo. Luego se sentó en el piso junto a mi tía y la rodeó con el brazo, ella colocó la cabeza en su hombro y por un instante el ronroneo de la nevera entonó un bolerito de esos viejos que hablan de palmeras y veredas y en vez de la cocina los dos recorrían el Malecón en el Camaro, que fuera, junto con su pasada cabellera, lo más preciado de Fin. Pero en el paisaje de este paseo romántico empiezan a aparecer nombres desconocidos, apellidos y bolsas roídas por animales y Tía Celia se levanta y le dice a Fin que tienen que hablar, se van a su habitación y mientras escucho el pestillo cerrarse tras su puerta me echo en el sofá a imaginar a Tío Fin concentrado en el vacío que sus meditaciones diarias le facilitan para convencer a su esposa de que no tuvo ningún hijo, que los únicos hijos que él tuvo fueron aquellos mellizos (una hembra y un varón) que Tía Celia abortó gracias a la toxoplasmosis que le impidió volver a concebir. La toxoplasmosis es una vaina. Una compañera del trabajo de mi mamá hasta perdió un ojo. Y mira que venírsele a pegar a Tía Celia del primer regalo que le hizo Fin, una perra cocker spaniel con una melena color caoba muy lustrosa y suave a la que en honor al perro muerto de mi tío le pusieron Princesa. Parada en la patas traseras llegaba a medir casi seis pies y Tío Fin y Tía Celia cuando eran jóvenes y todavía creían que iban a tener hijos vestían a la perra con camisetas y pantalones cortos en los que recorría la casa nueva con que la mamá de Tía Celia había celebrado el tan esperado matrimonio.

Mi abuela les regaló un juego de tazas, pues desprenderse de su Fin querido era ya sacrificio suficiente, y como a Celia no se le conocía papá, le pareció que su consentimiento para la boda era un favor por el que la que merecía regalos era ella, y hasta la fecha los sigue precisando en enfermeras y haitianos que le mueven la casa de vez en cuando.

La mamá de Tía Celia murió hace unos años y era una mujer casi igual que su hija, con un corazón muy grande pero de piedra en el que los nombres de la gente a la que le cogía cariño se tallaban muy adentro para siempre, pero los demás rebotábamos en el frío granito con un ruidillo de canica rota. Ella y su hermano trabajaron para Balaguer toda la vida, y yo se lo creo porque mi tío hasta llegó a cuidarle los perros al presidente una vez que estuvieron graves, unos collies más feos que el diablo a los que Tío Fin tuvo a suero durante una noche entera porque se habían comido por accidente un salchichón envenenado. El veterinario oficial estaba de vacaciones en Dajabón y llamaron a Fin para que lo sustituyera pues los perros tenían ya dos patas de aquel lado. Esto lo cuenta mi abuela porque a Tío Fin algunas cosas no le gusta compartirlas y hay que sacárselas, como dicen, con una cucharita de oro.

Como a la hora, Tía Celia salió con una camiseta y sin panties por lo que imaginé que todo había salido bien. Todas las luces estaban apagadas y me quedé muy callada en el sofá para que no se asustara. La vi servirse agua y beberse un vaso entero sin respirar a la luz de la nevera. Su silueta de cuarenta años era, a fuerza de nado y bellydance, la misma que me iba a recoger a mi casa para llevarme a comer helado cuando mi mamá y mi papá se fueron juntos a hacer un postgrado y nos quedamos Mandy y yo donde mi abuela. En ese entonces Tía Celia no había perdido los bebés y sonreía mucho más que ahora y en su Toyota Camry rojo Princesa la perra y yo éramos dos princesas y sonreíamos a los demás conductores a través de las ventanas abiertas como sólo los animales saben hacerlo. Cuando sació su sed y luego su hambre con un quesito de La vaca que ríe y un pepinillo, la escuché subir la escalera y cerrar la puerta. Caminé los pocos metros hasta la cocina y luego hasta el cuarto de Armenia. Allí en su camita sandwich me acosté muy cansada, y mirando los blanquísimos dientes de Danny Rivera en el recorte pegado a la pared me dormí.

12

Excellent fellows, aren't they?

Lo peor que tiene la clínica son los ladridos de día y de noche si se encuentra más de un perro interno, y ahora que teníamos a Mauricio el tuerto y al viralatas con tarjeta de crédito, uno al lado de otro, el concierto no tenía fin. Rada les habla en creol y los manda a callar pero es que ese idioma de Radamés suena como Pepé Le Pew tratando de conquistar a una gatita y las bestias, enamoradas de Rada, en vez de callarse comienzan a aullar. Como he visto los nombres de los haitianos en la nómina de Tía Celia se me ocurre preguntarle a Rada algunos nombres haitianos para el gato, a quien nadie ha visto desde hace más de una semana y el cual tememos ha corrido la suerte de casi todos los felinos con vida urbana, o fue atropellado o una pandilla se lo comió con bija. Yo no había hecho el más mínimo intento de buscar al gatito, ya que sin nombre el gato era una bola de pelos que no respondía más que a su propia necesidad de alimento y sueño. A veces me atormentaban escenas atroces en las que casi siempre su piel desollada terminaba cosida a otras tantas pieles para la confección final de un gran traje con el que un humano iba a convertirse por fin en otro animal sin nombre. Todo esto yo creo que se me quedó grabado porque hacía unos días que Vita y yo habíamos ido a ver *Silence of the Lambs* porque a ella le encanta Jodie Foster y a mí el suspenso. El papá de Vita tiene la colección completa de Hitchcock, que es un viejo gordo americano que hizo muchas películas en las que uno no sabe qué va a pasar y esto yo creo que es lo que me gusta de buscarle un nombre al gato, que en el momento en que creo que he conseguido el ideal y me acerco, muy calladita esperando escuchar la señal dentro de mí para decirlo, para llamarlo, todo puede ocurrir. Aunque nunca responde, o casi nunca, es posible que sí lo haga, que un día yo diga Sebastián, Alí o Muni y él reconozca en uno de esos nombres el suyo y como las partículas de hierro en la tierra de un jardín, finalmente se adhiera a mi imán.

Mi libreta descansaba en una gaveta del escritorio, y aun estando fuera de mi vista yo podía describir la curvatura que en la esquina derecha inferior se había instalado, gracias a que mi dedo pulgar la repasaba constantemente para alcanzar una página específica o simplemente para escuchar ese sonido de abanico diminuto que hacen las puntas del papel. Sin sacar la libreta le dije a Rada que me dijera algunos nombres. Él se quedó callado y me preguntó si lo que yo quería era que el gato viniera. De alguna manera la respuesta era sí, así que moví la cabeza de arriba hacia abajo. Él me pidió la libreta y yo le acerqué un bolígrafo pensando que iba a escribir pero se levanta y se va con mi libreta al consultorio y lo escucho abrir la neverita ejecutiva en la que Tío Fin guarda las muestras para el laboratorio, leche y a veces dulce de cajuil. Radamés vuelve con un cartón de leche, pone la libreta en el piso y desde allá arriba voltea el cartón de leche sobre mi cuaderno dibujando una línea blanca en el aire por un segundo en el que yo calculo cómo es que voy a asesinarlo. En el medio segundo siguiente Radamés vuelve a colocar el envase de leche en posición vertical y una cosa oscura entra por la puerta hacia mi libreta y comienza a lamer la leche derramada hasta que no queda ni una sola gota a la vista.

Radamés no esperó a que yo le dijera nada sobre la libreta enchumbada y fue a colocar la leche restante en la nevera, lo que yo quería era arrancarle la cabeza y planifiqué los pasos a seguir para completar dicho proceso, pero me detuvieron dos cosas, la súbita aparición del gato y la imagen de Tía Celia quejándose del reguero de sangre en la clínica. El gato tenía una cicatriz en la cabeza y Radamés se lo llevó para curarlo. Como era ya la hora del almuerzo, me levanté para irme decidida a no volver hasta el otro día. En eso se apareció una pareja con un cachorro de pit bull para cortarle la cola y las orejas. Procuré servirles en todo lo necesario; les ofrecí agua y café mientras llenaban un formulario de entrada. A todo esto la libreta seguía en el medio de la sala y yo ni me había molestado en recogerla. Cuando todo estuvo listo me entregaron al cachorro, bajaron los dos escalones hasta su carro y sosteniendo una patita de su mascota la moví diciendo bye bye. El perrito era un juguete redondo y firme, como un solo músculo con patas, lo llevé hasta el segundo piso, pues no quería que los ladridos de los perros del sótano lo trastornaran. Acaricié su piel gris azulada y sostuve entre dos dedos el apéndice que en pocas horas iba a terminar en la basura. El rabo se retorcía en mi mano y algo me hizo tirar de él muy fuerte sacando un pequeño graznido del animal. Lo miré como diciéndole «esto sólo comienza», y él me lamió la mano que acababa de liberarlo. «Qué muchachito más bueno, Spike», le dije muy bajito y corrí hasta donde estaba la libreta, quería colocarla en un rincón del callejón donde el sol da a cualquier hora del día para ver si la leche se evaporaba, al parecer Radamés había limpiado la mierda y esto me hizo odiarlo menos. Encontré la esquina iluminada y abrí la libreta al azar donde había escrito algunos nombres encontrados en casa de Vita. Avalokiteshvara, Mudra, Samsara, Dharma. Un gemido me hizo voltear la cabeza hacia un agujero en el muro. El agujero realmente era lo que quedaba de una ventana de la casa de Cutty, ya que durante la construcción de la clínica Tía Celia se había ajustado al desnivel del terreno, utilizando la pared lateral de la casa de Cutty como apoyo y nuestro sótano, que quedaba al mismo nivel que la casa, clausuraba las ventanas y puertas que hubiesen existido en aquella pared así que al caminar por el callejón uno veía los restos de una casa sumergida. Me arrodillé para mirar por el hueco y mis ojos primero divisaban sólo algunos colores intensos alumbrados por la luz artificial que debían de mantener encendida durante el día en esta parte sin ventanas de la casa. Luego vi una cabeza moviéndose de arriba abajo y pensé que alguien se mecía en una mecedora. Ajusté la cabeza acostándome boca abajo en el cemento y pude ver a Cutty sentado en el borde de una cama y a su mamá comiéndole a Cutty algo que le salía de los pantalones. Inspirado por el hambre, mi estómago suele producir sonidos terribles que despiertan a los animales enfermos cuando hacen la siesta y en este momento el sonido salido de mi vientre atrajo la mirada de Cutty, que desde aquella cama sin sábanas veía una ventana llena de cemento por cuyo borde superior usualmente una línea de luz se colaba, y pensé muy rápido que si me retiraba la luz convertiría la línea ahora negra en blanca, descubriendo a un espía de este lado del muro, así que me quedé allí viendo a Cutty directamente a los ojos, sus ojos aguados y suplicantes como los del perro al que yo acababa de admitir. En unos minutos todo estuvo listo y la mamá se levantó acordándose de algo. Se puso un dedo en la frente y caminó los tres o cuatro pasos hasta el exterior de la pieza. Cutty se quedó allí tirado y cerró los ojos durmiéndose inmediatamente, dándome a mí la oportunidad de retirar la cabeza del hueco para encontrar a Rada de pie junto a mí con los brazos cruzados, como si estuviésemos haciendo una carrera y él hubiese llegado a la meta donde me esperaba hacía horas gracias a un atajo espectacular.

Me sacudí el polvo de la ropa y lo agarré por el codo para que nos alejásemos del hueco, para que Cutty no escuchara nuestras voces y pasos y sospechara de mí. Rada entonces tomó el cuadernito mojado de leche que yo intentaba secar y doblándolo lo insertó en el hueco sin mirarme y el cuaderno ocupó la línea oscura hasta desaparecer engullido como un sandwich de papel. Rada no me dijo por qué lo hizo y yo no pregunté tampoco y me pareció extraño el que a pocos minutos del momento en que había querido colgar a Rada por los cojones me hallara ahora muy calmada viéndolo enterrarla para siempre en aquella rendija de la que sólo sería posible sacarla despedazada haciendo uso de un palo o una varilla. Esta calma rara me hizo enfocarme en las irregularidades del cemento bajo mis pies y en el muro como si mis ojos tuviesen de repente un lente poderoso que acercaba poros y montículos donde antes había una superficie plana, y hasta percibí una vibración que iba y venía. La pared respiraba.

En medio de aquella cordillera microscópica sonó el teléfono y mis ojos volvieron a la normalidad. Rada y yo, impulsados por el mismo resorte, salimos corriendo como dos niños que compiten por un caramelo en las manos de una abuela. Gracias a unas piernas extremadamente largas, y a que a Rada la risa lo hace detenerse y agarrarse la barriga, llegué a la sala de recepción primero y levanté el auricular. Era Vita y me invitaba a un concierto. Le pregunte si era Spicy Tuna u otro grupito de grunge local pero me dijo que me explicaba luego y quedó en pasarme a recoger a las seis y media con Guido, el gigante italiano, quien había conseguido un carro no se sabe cómo.

Guido y Vita llegaron en un Volkswagen amarillo y Radamés salió a saludar, acabado de bañar en la pileta de los perros como todos los días hacía antes de dar su acostumbrado paseo del atardecer. Vita le presentó a Guido, que aunque italiano empezó a hablar con el haitiano en una mezcla de francés y dominicano que a Rada le sacó florecitas del pelo. En pocos minutos estaba decidido, Rada venía con nosotros al susodicho concierto en apoyo al Gagá, una celebración dominico-haitiana que celebran todas las semanas santas los que cortan caña en los bateyes. Guido al parecer sabía más de todo esto que mi libro de ciencias sociales y a mí esto me reventaba. Rada se sentó en el asiento de atrás junto a mí y estiró el brazo tras mi cabeza como hacían los chicos de la escuela cuando iban al cine con uno para dejar claro que algo iba a pasar en la primera hora de la película. Yo cerré los ojos bien duro para no ver el nombre de la actriz que ya empezaba a salir en la pantalla y, con los ojos así, escuché el ronroneo del motor de aquel carrito nazi, despegando hacia las ruinas de San Francisco donde el concierto iba a celebrarse.

Del monasterio de los franciscanos sólo quedan dos o tres pedazos y, al fondo, un muro frente al que habían instalado una tarima sobre la que rezaba ARTISTAS POR EL GAGÁ en letras amarillas y rojas y en los bordes pequeños rastamanes bailaban una canción probablemente del viejo Marley. Me pregunté si el susodicho gagá iría a sonar como could you be loved pero en eso una mujer muy hermosa se acercó a nosotros y saludó a Guido con un beso en la boca. Sentí una curiosidad muy grande que me hizo mirarme los zapatos y luego de mis zapatos pasé a los de Rada que ya no eran los tenis de trabajar con grumos de cal sino unas botas de soldado que él le había comprado a un guachimán borracho por treinta pesos en el colmado que está cerca de la clínica. Yo quería aquellas botas y se lo había dicho el primer día que se las vi y él me dijo que me quedarían grandes aunque no me dejó probármelas ni nada.

La mujer se llamaba Ágata y tenía el pelo muy negro y con la pollina cortada al ras de las cejas como algunas actrices brasileñas de las novelas. Tenía también un escote bien profundo y dos tetas del tamaño de dos toronjas grandes salpicadas de pecas que me resecaron la boca por unos segundos. Guido nos presentó y ella me agarró por el cuello y me besó la frente como algo sacado de una película de semana santa. De repente el director de la película estaba muy cerca de mí susurrándome lo que tenía que hacer con Ágata para impresionarla así que tomándola por la muñeca que ella retiraba de mi cuello la besé en la palma de la mano, cosa que le hizo torcer la cabeza hacia un lado y sonreír levantando sólo un lado de la boca, con lo que yo me anotaba, en la libreta del director, un papagayo de oro. Todo esto sin contar con la centelleante desaprobación de Vita que por un momento me miró con los ojos con que yo la miraba cuando ella se subía a los hombros de Guido o de cualquier otro imbécil por el estilo.

El concierto empezó con Luis Días. Yo lo había visto en el Show del Mediodía tocando una congas en las que alguien había injertado el espejo retrovisor de una moto y la otra vez en el videoclip de «Ay Ombe». Ahora la música sonaba como The Doors, Dead Kennedys y Iron Butterfly al mismo tiempo. Al segundo acorde miré a Vita y ella me dijo que sí con la cabeza aprobando lo que yo estaba pensando y nos miramos muy felices de haber venido y a mí hasta me entraron ganas de bailar como había visto a Val Kilmer en la película de Oliver Stone, y las botitas de vaquero que le había heredado a Tía Celia de sus tiempos en la UNPHU me quedaban mejor que nunca y la correa con hebilla en forma de herradura que le había heredado a Tío Fin de los tiempos del Camaro me quedaba mejor que nunca, y bailé dando brinquitos con un solo pie hacia un lado, como si estuviese viendo toros sentados en las piedras y mujeres que me lanzaban brasieres, collares y flores, hasta que la canción se acabó y un aplauso recorrió con gritos y saltos el lugar.

139

Una noche hablando por teléfono con Vita yo le había dicho que a lo mejor, digamos que cabía dentro de lo posible, yo era la reencarnación de Jim Morrison. Esto fue después de descubrir a Tío Fin meditando y de que en el parque Mirador se nos acercara un muchacho con la cabeza rapada excepto por una isla de pelo en la parte trasera de donde surgía una pequeña trenza. Nos estuvo hablando hasta muy tarde de Krisna y hasta nos dijo que Buda era una encarnación de Krisna quien a su vez es una encarnación de Vishnu, el restaurador. Porque en la India también hay una trinidad, Brahma, Vishnu y Siva: el creador, el restaurador y el destructor, y nos mostró en un pequeño libro unas imágenes terroríficas en las que un hombre con el pelo largo devoraba a otros dos hombrecitos y en otra un pequeño hombrecito azul resplandecía en el centro de todas las cosas en un paisaje. A mí este último me gustó mucho y por esto me regaló un brochure en el que te explicaban que si eras muy vanidosa reencarnarías como árbol para que pasases toda la vida sin poder moverte. Luego nos regaló incienso y cuando lo encendí en casa de Tía Celia ella me preguntó que si yo estaba juntándome con drogadictos. Pero yo no conocía ninguno y no había visto más que la marihuana, la cocaína y el LSD que Val Kilmer, en su papel de Jim Morrison, había consumido. Lo de ser Jim Morrison se me ocurrió porque la verdad, desde la primera vez que vi una foto de The Doors en un comercial en el cable, en el que vendían discos de los sesenta y sonaba «Hello I Love You», me había quedado muy impresionada con él y yo hubiera querido ser él como fuera. Vita no se rió ni nada y luego de unos segundos de silencio me dijo que a lo mejor y ella era la reencarnación de Pamela, la novia de Jim. Yo no supe qué decir y cambié el tema contándole que había visto a una chica francesa en la clínica con un arete en el ombligo y ella me dijo que quería perforarse el labio.

Cuando entró en escena una negra con dreadlocks llamada Xiomara Fortuna, Vita y yo fuimos a buscar unas cervezas en una carpa donde la gente se amontonaba gritando, dame dos, dame tres, dame una. Vita me miró con ojos brillantes y me dijo: «me gusta alguien». Yo pensé que éste sería tal vez el gran momento en que como en el video de «Winds of Change» de Scorpions, el único pedazo en pie del muro de Berlín caería abatido por el amor que Vita me declararía. Yo di un sorbo a mi cerveza y pregunté como si no sospechara nada: «¿sí?, ¿quién?». «Se parece a Jim Morrison y está aquí.» Tragué saliva y me entraron ganas de salir corriendo hacia la clínica, sacar mi libretita del hueco donde la había metido Rada y escribir mil canciones sobre pozos en el desierto de donde surgen serpientes nacaradas a raptar madres de familia. Luego Vita me puso la mano en el hombro, la otra mano se curvó alrededor de mi oreja y, acercando su boca hasta que le era muy fácil escuchar mi corazón reventándose, me dijo: «el muchacho que está junto a la reja».

El muchacho que estaba junto a la reja, con pantalones acampanados, con botitas de gamuza con espuelas y sin camisa, el pelo desordenado y un collar de bolitas rojas y blancas que le llegaba hasta la mitad del pecho era el mismo que había estado en la clínica días antes buscando a Tío Fin. Al parecer Jim Morrison también había reencarnado en mi primo Uriel. Por dentro un mar amargo me licuaba los huesos y me empujé el interior de los cachetes hacia fuera con la lengua como hago cada vez que no quiero llorar. Le dije a Vita que yo lo conocía y que podía presentárselo y ella con cara de idiota me dijo que él era tan cool. Me acerqué sola y le dije «hola». Me llamó por mi nombre y yo por el suyo. Se echó hacia atrás y me preguntó que cómo me acordaba de su nombre y yo le pregunté a él que quién le había dicho el mío. Él se quedó callado y triste y yo me sentí un poco mejor. Le dije que no importaba y que yo sabía más o menos algo y que si era verdad lo que yo creía que sabía que entonces todo estaba bien y que él podía contar conmigo. Él sonrió y había tanto espacio allí que me dieron ganas de mudarme en su boca, me acerqué y lo abracé como había visto abrazarse a los hombres, apretándose el cuello, golpeándose los omoplatos, tambaleándose haciendo al otro perder el balance, como se hubiera abrazado Jim Morrison a otro Jim tras veinte años de amnesia. Por encima de su hombro mientras lo abrazaba pude divisar a Vita, ahora muy pequeñita y confundida allá al fondo de todos los conciertos y me entraron unas ganas diabólicas de que Uriel la enamorara, se lo metiera, la dejara, la recogiera, la pusiera a comer tierra y a lavarle los pantaloncillos cagaos todo en una misma noche, así que le dije antes de que por fin nos soltásemos: «primo, te tengo un regalito».

13

You forget all that a skilled vivisector
can do with living things.

La casa de Ágata, adonde medio concierto fue a
parar, era un edificio colonial de dos pisos. Como
ella se vino con nosotros llegamos primero que la
turba que caminaría desde las ruinas deteniéndose
en colmados y esquinas oscuras a comprar alcohol,
cigarrillos, queso crema y otras cosas de utilidad.

Ágata abrió la puerta como hacen los magos cuando muestran el interior de una caja donde una muchacha será cortada en partes iguales y luego nos
guio por el palacete, mostrándonos cuartos y ba-
ños, salitas y una cocina muy grande adonde dece-
nas de cacerolas rojizas reflejaron la luz de la bombilla eléctrica. Abrió una despensa y sacó dos botellas de vino y nos sirvió a cada uno en copas enor-
mes. Cuando Ágata le pasó la copa a Rada, lamió
el borde de la misma como en un video de White-

snake y Rada lamió también y luego se bebió el contenido de la copa sin respirar haciendo que Guido lanzara un grito de fanático de fútbol. Uriel y Vita se habían instalado en un sofá de terciopelo mostaza y me acerqué para ver cómo iba la cosa. Intercambiaban nombres de bandas así que me dediqué a explorar la casa sola mientras la gente que entraba sin ton ni son poblaba el aire con un único ruido del que a veces podía rescatarse una palabra como «trae» o «semifinalista». Subí las escaleras con la vista puesta en un candelabro oxidado en el que una o dos bombillas funcionaban todavía. En la salita que comunicaba con las habitaciones había un sofá con cojines verde limón y un cuadro en el que un muchacho era devorado por una jauría de perros blancos, marrones y negros junto a un río de agua esmeralda mientras al fondo una luna se ocultaba detrás de una nube violeta. Salí a un balconcito de madera que quedaba justo sobre la puerta que daba a la calle en el primer piso, frente a la cual un grupo de tres o cuatro hablaba y fumaba de una pipa. Desde el balconcito aquellas personas parecían tan vulnerables que recordé la escena de *Lord of the Flies* cuando un chico deja caer una roca sobre un gordito que está a unos metros mas abajo, al pie de una gran roca. Comparé la altura y pensé que de quererlo podía acabar con la vida de por lo menos dos de ellos. Me di la vuelta para descubrir en el interior de la sala a mis espaldas algún objeto suficientemente pesado como para ejecutar la maniobra letal. Escuché voces subiendo las escaleras y, pensando que habían escuchado mis pensamientos, corrí hacia la habitación más cercana para esconderme y allí, con sus voces mordiéndome la cola, me metí en un pequeño armario y ya dentro pensé que no tenía idea de cómo iba a explicarle a quien me encontrara dentro el porqué me había refugiado allí.

Cuando mi respiración se normalizó descubrí un agujero del tamaño de una moneda de cinco centavos donde antes quizás había un pequeño llavín. La escasa luz de una lamparita encendida sobre la mesa de noche en la habitación se colaba por allí y me arrodillé para alinear mi ojo al hueco. Tres cuerpos entraron y cerraron la puerta. Eran, por orden de llegada, Ágata, Rada y Guido. Ya sentados sobre la cama y en un banco empezaron a pasarse un libro que Ágata bajó de un librero enorme, Rada lo hojeaba detenidamente y hacía comentarios en creol que Ágata aprobaba con la cabeza. Allí recostado sobre su costado sobre la cama con la luz ambarina sobre su camisa y su cara, Rada se movía como algo sacado de una película europea. Yo no había visto más que las que a veces ponían en casa de Vita y en el canal seis cuando estaba en prueba, españolas e italianas casi todas en las que los hombres movían sus cuerpos con mucha paciencia como conscientes del dibujo realizado en el aire por cada uno de sus miembros. Me sentí estúpida y fuera del juego y quise hacer retroceder el tiempo. Recordé cómo lo había despreciado y cómo Rada reconocía mi desprecio. Debí parecerle un ser repugnante y, repasando todas nuestras interacciones, pude detectar el tono que utilizaba para hablar conmigo, probablemente el mismo que yo usaba para hablar con él, un tono condescendiente, grabado, con el que la mayoría de las personas se dirige a los niños, los animales y los retrasados mentales. Vi entonces el tono como un muro de plástico inflado y a Rada y a mí a ambos lados moviendo la boca sin poder escucharnos. De repente Rada tenía un tabaco en la mano y perforaba el plástico con él, dejando que el aire se escapara y que el muro desapareciera. Mientras esto ocurría en el interior del clóset, afuera, y yo podía verlo todo a través de mi agujero, Rada y Guido se habían quedado en pantaloncillos y permitían que Ágata les colocara accesorios sacados de un baúl. Para Guido eligió un sombrero de copa rojo y una araña de goma blanca que se quedó fija, no sin dificultad, sobre un hombro. A Rada una escafandra y unas chapaletas azul cobalto. Cuando ambos estuvieron listos los hizo subirse de pie sobre la cama. Ágata encendió una lámpara muy potente que yo no había visto hasta este momento y alcanzó de encima de un escritorio una cámara con un lente enorme. Los chicos ya habían empezado a posar, colocando ambos brazos en cruz o haciéndose llaves de lucha libre aunque Ágata todavía buscaba por toda la habitación algo que imaginé debía ser el rollo de película o una batería. Guido y Rada, ahora con sendas erecciones, seguían luchando y riendo; el italiano había perdido el sombrero y la escafandra de Rada le colgaba del cuello como una corbata de lazo o un collar extraño. Al fondo del cuarto, Ágata seguía buscando. Se volteó hacia el armario adonde yo estaba y se dirigió con pasos seguros hacia el mismo. En los cuatro segundos siguientes me concentré en convertir cada partícula de mi cuerpo en invisible, fenómeno que se logra apretando el culo hasta que ni una aguja pueda pasar por él. Un grito proveniente del primer piso hizo que Ágata se detuviera y saliera por la puerta y otros gritos hicieron que Guido y Rada se vistieran y salieran de la habitación. Los gritos continuaron, alguien había dado a luz o un famoso, pero que muy famoso, había llegado. Muy pronto estuve fuera del cuarto donde ya se percibía el olor a quemado y el griterío, que junto con el sonido de muebles arrastrados se hacía más fuerte. Bajé la escalera y pude ver las llamas y el humo provenientes de la cocina. La gente por todas partes sacaba muebles antiguos y jarrones hacia la calle y Ágata todavía con la cámara sin película en la mano dirigía las operaciones. Quise hacerme útil pero una turba cargando una mesa de caoba me quitó de en medio. Rada con una alfombra, seguro carísima, golpeaba unas llamitas que trataban de escalar las columnas de madera de la sala más próxima a la cocina. Guido sacaba una palmera enana de una maceta para tirarle la tierra al fuego y Vita y Uriel no estaban por ningún lado. Tres bomberos negros entraron y uno de ellos me sacó como un saco de papas. Afuera la gente había decidido continuar la fiesta sobre los muebles colocados en la acera y parte de la calle. Los vecinos se asomaban y algunos salían de sus casas a tomarse un trago y a preguntar. Yo estaba un poco aturdida y me senté en un sofá en el que un señor que se parecía al abuelo de la Familia

Munster discutía con un mulato de afro si Velásquez había sido feliz. Algo me hizo decir «definitivamente», cosa que atrajo la atención del más viejo, quien defendía esta posición, quien entonces comenzó a exponer las razones históricas, me imagino que vendría de un tema anterior, que hicieron de La Habana y de San Juan ciudades más cosmopolitas que Santo Domingo. Uriel y Vita emergieron de una calle aledaña y no podían creer lo que veían. Yo me hice la que no los había visto y gesticulaba mucho mientras repetía todo lo que el señor de pelo blanco decía, eco que a él pareció encantarle. Cuando estuvieron a un palmo de mi cara me di por enterada y los saludé, no tuve que explicarles nada pues los bomberos y el olor a pelo chamuscado eran suficientes. Uriel ofreció llevarnos a la casa pues ya eran las cuatro de la mañana así que le dijimos a Guido que teníamos que irnos y él hablando con un bombero hizo un gesto con la cabeza.

Hay que ver el ruido que hace una llave en una cerradura al amanecer. Vita introdujo la suya con mucha cautela sin evitar que por su casa se esparciera un latigazo sonoro. Al abrir la puerta nos encontramos al papá de Vita viendo un programa de cocina y bebiendo un vaso de leche. Se viró tranquilo para vernos y después de preguntar si todo había ido bien dijo que mis tíos habían llamado para decir que mi hermano estaba en el hospital, que había tenido una pelea, que ahora no podía visitarlo, pero que temprano en la mañana me recogerían. Me fui a la cama con la sensación de que Mandy, mi hermano mayor, nunca había existido realmente, una porque ahora que yo no vivía con él había olvidado por completo que existía y otra porque todos los recuerdos que tenía de él parecían provenir de una película mala de los ochenta. Decidí no contarle a Vita lo que había visto en la habitación de Ágata y tampoco le pregunté lo que había pasado con Uriel, quedándome dormida imaginando el altercado de Mandy y sintiéndome un poquito feliz por el incendio de Ágata, no porque su casa se quemara, sino porque hasta ahora era lo más interesante que me había pasado en la vida.

14

The Master's will is sweet, said the Dog-man,
with the ready tact of his canine blood.

Mi hermano es muy bruto. Es bruto y no lo sabe. Él se cree que es muy inteligente porque las estúpidas que se acuestan con él se creen todo lo que él les dice o eso cree él. A veces yo creo que lo odio, o que por lo menos no lo quiero demasiado, porque imaginar que estamos hechos de lo mismo me da un poco de náusea. Por eso cuando lo vi allí tendido, con los ojos llorosos, no me dio mucha pena, él estaba desolado, estaba enamorado por primera vez y por primera vez no era correspondido. Además, el objeto de su amor, una chamaquita de nombre Keiris, tenía novio y el novio y un grupito de amigos fueron a darle una salsa a Mandy en la bomba Esso de la Lincoln. Lo dejaron allí medio muerto y nadie hizo nada; el cajero del foodmart tuvo que llamar a la ambulancia.

Mientras escuchaba el relato de boca de Mandy, lo sentí más elocuente y honesto, como si la experiencia le hubiese alimentado el cerebro, pero en cuanto entraron en la habitación sus dos mejores amigos, Roco y Pelín, volvió a sumirse en un oscurantismo extremo donde planes de venganza eran urdidos. Roco y Pelín hablaban incluso de pistolas y yo imaginaba a Mandy con una pistola en la mano, acabando con la vida de niños y madres embarazadas tratando de alcanzar a sus agresores.

Los dejé allí planificando el próximo episodio de Rambo y me fui a casa de Tía Celia a dormir la resaca hasta que Tío Fin me despertó para decirme que me necesitaba en la clínica pues había muchos pacientes. Estuve allí en unos minutos y me encontré la sala llena. Dos beagles, un chihuahua, una gata y un labrador esperaban su turno. Rada llevaba una bata blanca y era ahora el ayudante del doctor, cuando lo vi me dio risa y él se rió y me guiñó un ojo llevando a la chihuahua hacia el consultorio. Abrí el libro de la clínica y a través de la puerta de cristal se podía ver al gato sin nombre del otro lado de la calle jugando con una latita. No se me ocurrió ningún nombre ni me dieron ganas de sacar mi libreta de donde Rada la había metido así que seguí introduciendo los nombres de los pacientes en el libro de consultas y extrayendo sus récords del archivo. En eso Cutty, que tenía siglos sin aparecerse, entró sudoroso y preguntó por mi tío. Le dije que estaba ocupado y se quedó pensativo y empujándose los carrillos con la lengua, como hago yo cuando estoy por llorar; le pregunté qué pasaba y me dijo que su mamá estaba mal. Se quedó allí esperando a que yo le solucionara el problema, que curara a su mamá o que llamara a mi tío. Entré al consultorio y le expliqué a Tío Fin, que salió y sacó a Cutty a la acera, le dijo dos cosas y miró su reloj. Cutty salió hacia su casa y Tío Fin volvió a entrar, abrió los brazos en cruz y anunció que por hoy las consultas quedaban oficialmente cerradas. La gente se quejaba malhumorada y Tío Fin, como si no fuera con él, recogía las llaves de la guagua, los lentes de sol y la cartera y caminaba hacia la casa de al lado, dejándome con la turba que no acababa de irse maldiciendo y tirando de las correas de sus animales.

El olor a carne podrida en la casa de Cutty no produjo en Fin el más mínimo efecto. El trato por tantos años con animales enfermos, su mierda y su sangre, lo habían curado de todas las náuseas y todas las reacciones. La razón por la que Fin se había desencantado de su profesión ni él mismo podía explicársela. Un día, sentado en su consultorio, vio cómo los últimos años de su vida habían transcurrido vacunando, auscultando y acariciando perros, gatos y roedores domésticos, pero sobre todo perros, perros que recordaba con cariño, muchos de ellos muy sabios y muy agradecidos de la salud que él había devuelto a sus cuerpos. Pero Fin desde chiquito había sentido algo raro que él llamaba el hoyo, una especie de abismo que se abría a sus pies de vez en cuando, y todas las cosas, materiales o mentales, eran succionadas por éste, dejando a Fin a merced del mismo. Fin en estos momentos solía ponerse muy triste y sentir que él era la única persona en el mundo y las cosas que conformaban su vida eran una sucesión de partículas animadas.

Cuando una tarde entró en el consultorio un señor bajito de unos setenta años llamado Nuba con un gato llamado Pabu y le explicó después de una taza de café que todo lo que Tío Fin experimentaba era cierto y que había personas a las que les tomaba años de esfuerzo experimentar dicho estado, Tío Fin extrañamente se sintió mejor o por lo menos acompañado. Nuba, un tibetano que había llegado a Santo Domingo en los setenta lo llevó al templo por primera vez y allí Fin tomó refugio en el Buda, el Darma y la Sanga y empezó a participar intensamente en todas las actividades del templo, excusándose de actividades familiares y profesionales como podía. Muchas veces, antes de conocer a Nuba, Fin se creyó loco y pensó que sus percepciones extraordinarias pertenecían al ámbito de las alucinaciones y la esquizofrenia, por eso sentía cierta empatía por la mamá de Cutty y entendía que de alguna manera ella también veía cosas que existían en el mundo, cosas de otro orden invisibles para el resto.

La mujer estaba sentada en un rincón de la casa y había esparcido una funda de detergente sobre el suelo, con el dedo índice dibujaba figuras geométricas y volvía a borrarlas con la mano plana. Se sentó en el piso junto a ella y le dijo: «niña hermosa, ¿qué haces?» y ella miró hacia arriba con los ojos vacíos y le dijo que estaba anotando los números de la puerta de su casa de antes. Fin recordó que su madre también tenía un montón de casas en la mente y decidió utilizar algo que siempre funcionaba con su vieja, habló de helado y de los distintos sabores que ofrecía el Helados Bon del Malecón. La mamá de Cutty se levantó de golpe, con la boca hecha agua y se arregló el pelo. Fin pudo ver que se había meado encima hacía poco y calculó el rato que le tomaría sacarle el olor a orina al asiento de la camioneta. La tomó por el brazo y ella se dejó llevar como una quinceañera por un chambelán hasta que estuvieron los tres, Tío Fin, Cutty y su mamá en la cabina de la camioneta camino al hospital psiquiátrico, no sin antes parar a recoger un cubo de helado de fresa que la loca se metió entero usando la mano como cuchara antes de llegar a su destino. Al llegar al hospital el olor de la nueva paciente se diluyó en la ácida atmósfera que los cientos que habían orinado camas y paredes en aquel espacio habían logrado convocar. Le suministraron un sedante y enseguida echó una siestecita en una cama de espaldar de hierro con la pintura blanca descascarada adonde Cutty colocó un suéter rosado dejándose caer luego en una silla de plástico que había junto a la cama. Afuera una mujer de doscientas libras se mordía su propio brazo mientras una negrita calva con una camiseta extra large de Tom and Jerry gritaba: «¡tú te estás mejorando, Teté, tú te estás mejorando!».

Tío Fin se despidió de Cutty, que saldría más tarde, y cerró la puerta repartiendo billetes de cincuenta pesos por aquí y por allí para asegurar que le ofrecerían algún tipo de cuidados. El hospital era desde hacía mucho tiempo un muro de contención al que iban a parar todos aquellos enfermos mentales que no podían pagarse un tratamiento. El equivalente público de las clínicas de higiene mental parecía un manicomio de 1800, valiéndose de la cortesía de médicos que acudían con o sin paga, de camas desvencijadas y de medicinas insuficientes. Era la primera vez que Tío Fin entraba a aquel lugar y al ver el letrero de salida se sintió aliviado. Al cruzar la puerta divisó la figura de un muchacho delgado en el parqueo ayudando a una mujer a montarse en un Honda Civic. Algo le recordó a Fin el muchacho y siguió caminando acercándose a la escena. La mujer, desde lejos ya atractiva, se había sentado en el asiento trasero y permanecía con la puerta abierta y los pies hacia fuera del carro sobre el asfalto riéndose de un chiste que al parecer el muchacho le acababa de contar. Los dos parecían muy felices hasta que la mujer ahora también podía ver a Tío Fin quedándose seria y el chico se dio vuelta y también lo miró. Así estuvieron unos segundos, en los que el estacionamiento adquirió la solidez de un puré de papa y al fondo del lodo Fin tenía un hijo, y la madre de este hijo había enloquecido y allí estaban todos en una amplitud y un silencio que ni la constante persecución de Celia, presente aún en sus meditaciones más refinadas, podría entorpecer. Él estaba allí para que lo vieran y no tenía ni siquiera el cubo de helado vacío para cubrirse con él.

Fin no tenía muchas opciones y caminó con la misma poca convicción con que recorrió el trayecto hacia el altar cuando se casó con Celia, probablemente la misma cantidad de pasos que ahora lo separaban de Uriel. Un muchacho idéntico a él, él mismo con veinte años menos, sonriendo tristemente con las llaves de un automóvil en la mano. Fin se acercó como si ya todo estuviese dicho y siguieron callados por un buen rato.

«¿Qué hay, Fin?», dijo Marlene, como si se hubiesen visto todos los días. Luego dijo por fin las palabras que la habían hecho comer lombrices de tierra: «Uriel, ése es tu papá». Uriel en un segundo perdonó veinte años de abandono e indiferencia y sonrió como sólo él y su papá sabían hacerlo. Fin no sabía cómo un padre se sentía pero se abrazó a aquel cuerpo y se permitió los ojos aguados que, dieciocho años atrás, tras la muerte de su perro Príncipe, habían enamorado a Marlene. Después hicieron chistes estúpidos e intercambiaron teléfonos como si planificaran citas de adolescentes, Marlene estaba contenta y exhausta bajo el peso de los ansiolíticos. Uriel entonces mencionó mi nombre y Tío Fin sintió el primer aguijonazo del terror, pensando que yo iba a pasarle dicha información a Tía Celia y que Tía Celia planeaba colgarlo de las bolsas de uno de sus edificios en construcción. Se despidió y arrancó en la camioneta sabiendo que estaba jodido y que ahora le quedaba un solo chance, el que yo no hubiese abierto la boca. Al llegar a la clínica nos encontró, a Rada y a mí, jugando cartas sobre el escritorio de la clínica. Jugábamos «el ladrón» y Rada iba ganando, por lo que estaba muy contento. Tío Fin le dijo que tenía que hablar conmigo y Rada se retiró con las cartas en las manos para que yo no hiciera trampa.

Tío Fin me preguntó si había ocurrido algo extraño en los últimos días y yo podía ver una vena en su garganta latiendo con una violencia que la hubiese hecho figurar en la revista *Muy interesante*. Le conté que al perro viralata del sótano lo había traído una niña rica junto con la tarjeta de crédito de su padre. Tío Fin vio el nombre en la tarjeta y reconoció el nombre de otro padre miserable, el padre de Tía Celia. Un ricachón a quien Tía Celia nunca había visto. A Tío Fin tanta coincidencia le pareció ridícula, tan ridícula que se le olvidó lo que venía a preguntarme. Me devolvió la tarjeta y se fue al templo, adonde una serie de charlas sobre las Taras se extendería hasta el fin de semana.

Mis padres llamaron para saber de mí, realmente me llamaron porque habían llamado a la casa y no había nadie, como Mandy estaba en el hospital. Mis tíos habían decidido no decirles nada a mis papás para no dañarles el viaje, así que les dije que Mandy estaba en Jarabacoa acampando con unos amigos y que todo estaba bien. Mi mamá sonaba resfriada y me dijo que la noche anterior había tenido fiebre y se había soñado que a Mandy le sacaban una uña enterrada con mucha sangre. Yo le dije que a lo mejor significaba que Mandy iba a viajar pues soñarse con pies era moverse según un librito que tenía Tía Celia sobre los sueños. Ella me pasó a mi papá que me dijo unas palabras en alemán. Yo me reí forzadamente y les tiré muchos besitos por el teléfono. Al terminar de hablar, Radamés me estaba mirando como desaprobando lo mucho que había mentido durante la conversación y le dije: «¿qué harías tú en mi caso?».

En el hospital Mandy miraba el video de «Man in the Box» de Alice in Chains en la tele. Estuvo compartiendo conmigo los planes que tenía de armar una banda con Roco que tocaba la guitarra y con Pelín que no tocaba nada pero que era tan flaco y anormal que podía pasar por cantante. Mandy ya tenía dos canciones escritas en una libretita del hospital y me sorprendió la velocidad con que los planes de venganza se habían convertido en una aventura musical.

Las canciones de Mandy estaban escritas en versos libres, lo que también me sorprendió, y la primera, titulada «Llagas en metal», decía así: «Puedes sentenciarme / Enviarme a los infiernos de tu vacuidad / Puedes quebrar mis palabras / Las escribo contigo o sin ti / Puedes herir a cualquiera / Pero no a mi corazón / Pues es de metal».

Y por ahí seguía. Yo estaba alucinada con la transformación que se estaba dando en mi hermano gracias a la indiferencia de la tal Keiris. La canción era patética, pero yo nunca habría imaginado que Mandy conociese el significado de la palabra vacuidad. Le dije que estaba muy buena y que debía

continuar cultivando su talento. Él sonrío porque
las pastillas para el dolor que le daban lo ponían de
buen humor. Me pidió que lo llevara al baño así
que lo ayudé a levantarse y colocándome bajo su
hombro como una muleta lo ayudé a mover la mole
adolorida que tenía por cuerpo. Le bajé los pantalones de la pijama y por primera vez lo vi orinar
sentado como hacen las mujeres, sosteniéndose el
binbin hacia abajo. Los dos reímos, sobre todo él,
endrogado como estaba, y aproveché para contarle de la mamá de Cutty y de cómo Tío Fin la había
llevado al manicomio. Luego lo devolví a la cama,
donde se quedó dormido casi de inmediato con los
sonidos de resortes y rebotes de una propaganda
de MTV en la televisión.

Le había dicho a Vita que estaría acompañando a
mi hermano y la muy estúpida se apareció allí con
Uriel. Yo me imaginaba el lío que se me iba a armar
si Tía Celia o Tío Fin se aparecían por allí, así que
tan pronto comprobé que mi hermano no se iba a
despertar más bajé con ellos a la calle con la excusa
de que la clínica me tenía muy mal.

Nos sentamos en un restaurante mexicano llamado La Frida Alegre y ordenamos unos taquitos,

que a Vita le encantan. Uriel nos contó que se iba a
la India con una beca del gobierno y Vita estaba
muy impresionada. La noticia me puso más o menos feliz pues significaba que no habrían más
Morrisons que yo al alcance de Vita, pero también
sentí que tendría que reponer el tiempo que no había pasado con mi primo durante toda su vida en
las pocas semanas que le quedaban en el país. Caminamos hasta el Malecón. Allí algunos hombres
pescaban con hilos de nilón y anzuelos pero sin vara,
con el hilo atado a un dedo de la mano.

Uriel sacó un libro de Rumi, un poeta sufí según
él, y yo me hice la que siempre había conocido a
Rumi. Luego leyó algunos versos mientras un hombre forcejeaba sobre la punta del arrecife con un
animal que no se dejaba agarrar. Uriel se había puesto de pie sobre una piedra y leía a viva voz haciendo que algunos turistas se detuvieran a hacerle fotos
y que de un carro le tiraran una botella de plástico
vacía. Cuando terminó su recital, Vita y yo aplaudimos. El pescador había logrado vencer a su pre-
sa, un traje de payaso rosado fucsia con amarillo
agujereado por los peces y el salitre. El hombre
exprimió el traje lo más que pudo y luego entró en
él cerrándose el zipper trasero, envolvió el hilo de

pescar y lo metió en el bultito que había traído y se fue caminando tranquilamente. Aplaudimos de nuevo. Ahora también Uriel aplaudía, reconociendo que el payaso pescador había estado mejor que él.

Frente a nosotros había una hilera de cocheros de los que ofrecen paseos a los turistas por una cantidad indecente. Uriel caminó hasta donde estaban los coches tirados por caballos y nos llamó: «miren estos pobres caballos», dijo señalando a un anciano de cuatro patas que parecía pedir un tiro en la frente. Unos turistas se subían al coche y el cochero nos ofreció una vuelta a mitad de precio, haciendo crujir su látigo en al aire. Uriel se puso como loco, diciéndole que aquel caballo necesitaba descansar, el cochero se le rió en la cara y Uriel hizo un intento brutal de soltar al animal, pero no entendía el mecanismo o estaba muy ofuscado por la rabia y vinieron dos cocheros más a darle manotazos y quitárselo de encima al caballo y al coche, que arrancó con un turista haciendo fotos de Uriel. Vita y yo les dijimos que lo dejaran tranquilo, que él estaba preocupado por el caballo y ellos nos dijeron: «miren, blanquito 'e mierda, utede no tienen que alimentá a cinco muchacho, va de ahí», escupiéndole los zapatos a Uriel, que ya estaba más calmado.

Después de unas cuadras en las que Vita se desvivía tratando de calmar a Uriel, que parecía muy nervioso, encontramos un parquecito oscuro en el que tres palomitos entre los seis y los diez años habían construido una choza de cartón y dormían un sueño profundo. Nos tiramos en la grama y Uriel entonces contó el cuentito de los patos, como él lo llamaba, cuando se dio cuenta de que su mamá estaba un poco loca. El cuentito de los patos trataba de un viaje a casa de unos familiares en el interior del país y de una caja de patos que se repartió entre los primitos. Había una plaga y un pato sobreviviente y también un ataque de rabia en el que Uriel le había arrancado un pedazo de oreja a un tal Washington. Pensé que de haber conocido a Uriel entonces me hubiese tocado un pato y también pensé en mi abuela y en sus cuentos y me hizo mucha falta. Pensé que ésa también era la abuela de Uriel y quizás él había heredado el talento de hacer historias de ella y que debían conocerse antes de que a la abuela le rodaran la casa definitivamente.

15

They say 'The Master is dead.
The Other with the Whip is dead.
That Other who walked in the Sea is as we are'.

Cuenta la leyenda que durante la Segunda Guerra
Mundial espías alemanes fueron introducidos en la
República Dominicana para monitorear a la pobla-
ción y para suministrar combustible y alimentos a
los submarinos nazis que poblaban las aguas del
Caribe. Mi abuela sabe de estos submarinos y dice
que ella hasta vio algunos. Y uno de sus cuentos,
mi favorito, tiene que ver específicamente con uno
de estos avistamientos.

Ella tenía una yegua llamada Mecedora y una amiga llamada Amelia con fama de loca porque cuando vino Clark Gable a la Romana y visitó los inge-
nios azucareros, Amelia se le tiró encima como si
fuese a masticarle la cara cuando lo que ella en realidad quería era darle un beso.

Mi abuela dice que a Amelia además le gustaban las mujeres y siempre lo dice bajando la voz aunque estemos solas ella y yo. Y cuando yo le pregunto que cómo ella lo sabe, me dice que eso es lo que decía la gente. El cuento del submarino involucra a Amelia y al submarino y también un anillo que supuestamente mi abuela le prestó a Amelia y ella perdió en un cine, un anillo con una esmeralda colombiana del tamaño de un chicle.

Cuando está contenta, mi abuela hace el cuento que tiene como protagonista al anillo, y dice que ese anillo era hermoso y que se lo había regalado su abuela y a su abuela su abuela y que Amelia se lo había pedido para unir las dos puntas de un pañuelo que se había puesto como las niñas exploradoras alrededor del cuello. Fueron a ver una peli americana y antes de salir ya mi abuela se había dado cuenta de la tragedia. El anillo se le había caído a la maldita Amelia que decía con cara de boba que no se lo explicaba. Mi abuela entra en la sala otra vez para encontrar su anillo y arrodillada se encuentra otro anillo, con una amatista gigante y lo trae a casa, con lo que su madre no se siente tan mal por la pérdida.

Si la abuela está de malhumor hace una versión express en la que Amelia era una sucia y loca que vivía estrujándose con cualquiera y que le rompió una camisa a Clark Gable y que le perdió su anillo y además se comentaba que era pájara.

La última versión hasta la fecha que incluye los submarinos me la concedió durante un apagón de veinticuatro horas. Estábamos sentadas en el patiecito y ella, después de que yo la peinara durante unos minutos, me preguntó si yo había visto alguna vez un submarino. Yo le dije que en las películas y ella me dijo que una vez había visto uno y que lo había visto con su amiga Amelia.

«Amelia sabía montar caballo mejor que yo, incluso mejor que mis hermanos varones y tenía una melena colorada, muy bonita. Ella y yo éramos muy amigas y salíamos a todas partes juntas. Por las tardes a veces íbamos a montar cerca de una playa escondida, ella en su caballo y yo en mi yegua, por un trayecto selvático que llamábamos la jungla y desembocaba en unos manglares y una pequeña playa rodeada por una gran formación rocosa. Al llegar nos desmontábamos, nos quitábamos las botas y caminábamos por la orilla para mojarnos los pies. Amelia tenía unos pies muy bonitos y le encantaba que se lo dijeran. Una de estas veces se nos hizo tarde viendo el sol caer sentadas en la arena y vimos una cosa oscura dentro del agua a unos dos kilómetros de donde estábamos. Primero pensamos que era una ballena, pero luego vimos un barquito acercarse a la cosa, que salió un poco más del agua, y vimos que era de metal y un hoyo de donde emergieron tres rubios con uniforme que hicieron señas al barquito con una linterna. El barquito se acercó aún más al submarino, y cuando ya podían casi tocarse, tiraron como una red hacia la superficie donde se hallaban los marineritos y comenzaron a deslizar cajas y paquetes de todo tipo que los rubios pasaban a alguien a través de la entrada hacia el interior de la máquina. Así hasta que oscureció completamente y sin comentar nada montamos las bestias hasta el pueblo. Ahí nos empezamos a preguntar la una a la otra sobre lo que habíamos visto. Amelia, que era más viva que yo, me dijo que eran alemanes y que andaba el rumor por todo el Caribe de que Trujillo estaba aliado a Hitler. De Hitler yo nada más sabía que tenía un bigotito y que a los amigos americanos de mi papá no les gustaba. Por eso cuando llegué a la casa no dije nada y Amelia también prometió cerrar el pico. La idea no era aliarnos a los alemanes, bien sabes tú lo que me gusta a mí Fred Astaire, pero es que sabíamos que si decíamos lo que habíamos visto nos iban a prohibir volver a la jungla y ése era el único paseo sin supervisión que, por lo menos a mí, me dejaban hacer.»

Y así estuvo la abuela siete atardeceres con Amelia velando al submarino y al barquito que les llevaba comida. Al séptimo día sintió que Amelia y ella habían compartido algo muy espacial y le dijo: «quiero que estemos siempre como en este lugar, quiero que siempre estemos juntas». Amelia le dijo que pensaba lo mismo y entonces se abrazaron y la abuela sintió el olor a jazmín en el pelo de su amiga mientras Amelia tocaba con las puntas de los dedos las cintas en la blusa de la suya. Cuando el submarino volvía a sumergirse la abuela se quitó su anillo de esmeralda y se lo entregó a su amiga y ella por su parte le dio su anillo de amatista. Cuando regresaban a sus casas inventaron el cuento del cine para que sus mamás las dejasen tranquilas y les pareció muy creíble, tan creíble que hasta el día de hoy lo repiten.

Aproveché que Tío Fin me había dicho que no podría ir adonde la abuela el sábado y que Tía Celia estaba en Baní viendo unos terrenos para llevar a Uriel a casa de los abuelos. La casa está siempre sellada porque los viejos son paranoicos y creen que afuera se está acabando el mundo. Adentro las luces permanecen prendidas el día entero porque los viejos son ciegos, tan ciegos que la abuela exige que le prendan una lámpara de gas junto al plato de comida para poder verlo. Por eso cuando llegamos la abuela se quedó mirando a Uriel mucho rato porque, aunque loca y ciega, la vejez no la ha embrutecido y sigue teniendo un sexto sentido muy desarrollado. Después de mirarlo mucho me preguntó: «¿éste es otro Fin?». Yo le dije que sí, porque era más fácil que explicarle que ése era el niño al que ella le había trancado la puerta dieciocho años atrás. Ella quiso entonces enseñarle la casa a este otro Fin, las habitaciones, el baño, diciéndole: «aquí dormías, aquí estudiabas, aquí te diste un golpe en la cabeza que hubo que darte puntos, ¿tú te acuerdas, Fin?». Lo llevó a la habitación del abuelo, donde el aire acondicionado está siempre prendido. y se lo presentó diciendo: «mira, éste es otro Fin». El abuelo ya casi no habla y no puede levantarse de la cama pero ve mejor que la abuela. Miró al muchacho y abrió los ojos muy grandes pero ella no lo dejó reaccionar más y se llevó a Uriel hacia el patio. Cuando estaban bajo el sol le preguntó muy bajito, como para que yo no oyera, «tú eres otro Fin pero, ¿eres hijo mío?» y él le dijo: «soy tu nieto». Ella miró la pared que tenía enfrente y luego lo miró a él diciendo que sí con la cabeza respondiéndose a sí misma una pregunta que ninguno de nosotros escuchó.

Cuando llegaron a la cocina, porque quería darle unas galletitas a Uriel, le preguntó si ya le había hecho el cuento de los submarinos. Todo esto es a la velocidad del andador de la abuela y Uriel va muy pegadito al andador para que ella lo escuche cuando habla.

La versión que ella le hace de los submarinos yo no la había escuchado nunca aunque realmente es la misma de Amelia, los caballos y los submarinos alemanes, pero el final de la historia no es el intercambio de anillos, ni la llegada a la casa con los caballos.

«Amelia y yo hacía días que no íbamos a la jungla. Un día decidimos ir de noche pensando que podríamos ver más submarinos o a sus aliados pues se moverían con más libertad durante la noche. Cuando todos estuvieran durmiendo, Amelia me haría una seña para escapar. Me tiró una piedrita en la ventana y yo salí. Cabalgamos hasta la jungla y antes de penetrar la espesura escuchamos cosas raras, sonidos extraños, dejamos los caballos fuera y entramos solas. Yo podía escuchar el corazón de mi amiga, *tacatá, tacatá.* Era una caminata larga hasta la playa y estaba muy oscuro. Entre el follaje se colaban rayitos de luna y nada más. Los ruidos eran voces de hombres, cantando, hablando, chillando. Nos acercamos todo lo que pudimos y vimos a dos rubios, muy parecidos a los que habíamos visto cargando el submarino y un mulato de unos dieciséis años, bebían ron y los dos rubios abrazados por el cuello bailaban juntos de un lado a otro tambaleándose. Luego el moreno se abrazó a los otros en círculo, las tres cabezas muy juntas, empezaron a besarse los tres. Yo nunca había visto algo así y me imagino que Amelia tampoco, ¿tú te imaginas tres hombres besándose? Uno de los rubios se bajó los pantalones y empezó a tocarse ahí abajo. Yo quería salir corriendo y como que no podía ¿tú te imaginas aquello? Yo tenía quince años y no tenía ni novio. Amelia y yo no sabíamos para dónde coger. El moreno cayó de lado sobre el piso cansado y se durmió. Eso fue algo muy grande y yo me lo iba a llevar a la tumba.»

16

And yet this extraordinary branch of knowledge
has never been sought as an end,
and systematically, by modern investigators, until I took it up!

Hoy venían a recoger al perro viralata, así que lo sacamos a pasear con correa para que no estuviera demasiado neurótico cuando lo vinieran a buscar. A veces de estar enjaulados durante días los perros reciben a sus amos con una mordida letal. Una vez un pomeranian le desfiguró la cara a una señora que venía a recogerlo, pero eso fue antes y yo no estaba aquí. A lo mejor al pomeranian le pasó algo malo en el sótano. El perro viralata debía tener algún tipo de pastor alemán en su familia lejana así como también un galgo, era flaco y elegante, con pelo más o menos corto y orejas caídas. Rada y yo le hicimos dar la vuelta a la manzana temprano en la mañana y al ver pasar una camioneta de plátanos con un niño sentado encima del montón el perro empezó a ladrar como loco.

Al llegar al hospital ya estaba un señor esperándolo en la salita. El señor se presentó, «Minos Comarazamy», y supe que era el papá de Tía Celia. Tenía unas cejas blancas muy tupidas que se le juntaban en el medio de los ojos como al coyote del correcaminos. Nos vio entrar y ni nos saludó, esperando que nosotros dijésemos algo, pero Rada y yo estábamos por alguna razón silenciados. Tomó al perro por la correa diciendo: «tremendo realengo». Y como en el cuento de Alí Baba en que las palabras abren puertas, la palabra «realengo» abrió la puerta de cristal de nuevo, por donde entró Tía Celia con las mismas cejas del coyote. Los dos se miraron y no dijeron nada. Tía Celia miró al perro, luego al señor y miró al suelo todo el tiempo hasta el consultorio, preguntando si el doctor estaba, cerrando la puerta detrás de sí. El señor con una mano en un bolsillo y la otra en la correa del animal se limpió una mejilla con la manga de su camisa sin sacarse la mano del bolsillo y preguntó: «¿ésa es la doctora?». Yo le respondí como en un programa de farándula: «no, ella es Celia Prieto, la famosa arquitecto, esposa del doctor, tiene tres proyectos ahora mismo». Él se quedó dándole vueltas al sabor a leche magnesia que ese apellido le dejaba en la boca y dijo «ah», firmando la factura que yo le pasaba por la estadía del perro y su tarjeta de crédito. Salió con el perro tropezando un poco y su chofer le abrió la puerta de atrás de una Montero del año azul oscura.

Tía Celia salió una hora después con los ojos hinchados, dándole dos órdenes a Radamés que no entendimos y sacándole chispa al asfalto con sus gomas. Rada bajó a darle comida a Mauricio que continuaba su estadía all inclusive en nuestro resort, dejando caer las bolitas en el cuenco de metal haciendo un sonido de lluvia sobre zinc. Luego le ofrecí un guineo que tenía en la mano desde que salimos a pasear al perro y me dijo que no comía bananas porque eso era lo único que había comido durante su viaje desde Haití. Me contó que cruzó la frontera nadando, pues el río que divide los dos países es más pequeño que una piscina y después de ahí lo que hizo fue caminar y comer lo que se encontraba por el camino, bananas, naranjas, caña, tierra. Y yo me imagino a Rada en su trayectoria como una maquinita que va dejando un rastro de cáscaras amarillas a su paso, un hermoso dibujo visto desde arriba que se extiende desde Juana Méndez hasta Santo Domingo. Rada me dice que él llegó vivo porque es fuerte pero también porque un amigo suyo le dio algo que lo ayudó y se saca un elefantito de felpa roja del tamaño de un encendedor. El elefante tiene cosas buenas adentro, me dice Rada, cosas que su amigo puso allí para que lo cuidaran en el viaje. «Ya no lo necesito, toma, para ti.» Y me lo pone en la mano con la delicadeza con que las águilas ponen en boca de sus hijos gusanos picados en pedazos. A mí, la verdad, el elefante me encantó y como tenía una pequeña anilla lo ensarté en mi llavero de inmediato, subí a ver si había alguien en la consulta y me encontré un sobre encima del escritorio con el nombre de Tía Celia escrito muy a la carrera, CELIA PRIETO en letras de molde, todas mayúsculas.

Al fondo de la sala, había otra pequeña sorpresa. El señor dueño del conejo muerto venía a recoger los resultados de la autopsia tras haber desaparecido durante semanas y semanas. No quedaba ni un conejo vivo y una pequeña rencilla con un vecino por un espacio para parquear había devuelto de golpe su confianza en la teoría de los vecinos envenenadores. Le dije que el doctor no estaba y que no sabía cuándo vendría pero que tenía su factura y que si él quería pagarla podía hacerlo ahora. Se levantó muy rápido y me dijo que pagaría cuando tuviera los resultados en la mano y se fue mirando el sobre con el nombre de Tía Celia cuyo borde yo golpeaba rítmicamente contra el escritorio. Más temprano habían llegado dos servicios de baño y corte y Radamés se estaba encargando de ellos en el sótano. Yo podía escuchar el agua rebotando contra el hormigón armado pintado de la pileta y sabía cuando el agua golpeaba a Rada o a los animales pues el caño producía un sonido menos chato, más profundo y menos intenso. Luego Mauricio y un perrito que estaba en el segundo piso comenzaron a ladrar y me concentré por un rato en el estruendo, como cuando uno se concentra en el ruido de un aire acondicionado y se queda dormido. Pensé en lo que había visto durante el concierto y en cómo me gustaría estar en una tarima como Luis Días o como Jim Morrison, bailando y cantando, al ritmo de ladridos rítmicos que le sacaran pelos a la gente detrás de las orejas como a Michael Jackson en «Thriller». La idea me dio risa y estallé en una carcajada a ojos cerrados. Al abrirlos vi una figurita frente a mí: tenía al gato sin nombre en la mano y los ojos semicerrados como si dentro del hospital hubiese lámparas incandescentes.

«¿Qué desea?», pregunté a la muchacha que tenía como veinte años pero parecía de cincuenta, las clavículas salientes y ojeras que yo sólo le había visto a Tía Celia una semana antes de entregar un proyecto. «Darte tu gato», me dijo, y de su boca salió un olor a cigarrillos con mierda de gallina. La mujer llevaba una camiseta de niña pero estaba tan enflaquecida que la hubiese podido llevar de vestido, con un venado dibujado en medio de una pradera cubierta de nieve. El pelo en una cola de caballo mal hecha que dejaba caer ciertas mechas de lo que hubiese podido ser algodón quemado. «¿Adónde lo encontraste?», le pregunté ya un poco nerviosa imaginando que lo que quería era una recompensa por una gata que ella había recogido frente al hospital. «La salvé de los viciosos.»

Los viciosos, según ella, eran los crackeros que vivían en un solar abandonado a dos cuadras de allí y que cada noche compartían un locrio de gato de cena, siempre machos, porque supuestamente las hembras envenenan. «Yo taba con ellos hata ayel, pol la piedra que me tenía envuelta, pero encontré al Señol anoche, pol casualida, en una iglesia en loj alcarrizo y toy convertía, ya ni quiero pipeá, ni na, hay cosa miteriosa. Hoy llegué a recogel unos trate que yo dejé ahí y me loj encuentro con el hambre que da el cra, a punto de sazonalte tu gatica, ello son malo tú oye, lo matan etrallándolo contra la pared agarrao por la cola, avece no se mueren de una ve así que hay que degranarlo pal de vece. Y yo le dije, pol que ya yo la había vito, que era hembra, que la dejaran ir. Depué que salió te la traje, llévatela de aquí, ¿tú oye?»

Cogí mi gata y la abracé, ahora que el gato era hembra, pues porque dijeron que era hembra se había salvado. Habría que asegurar que seguiría viva. «¿Cuál es tu nombre?», pregunté a la salvadora, y me dijo que en su barrio le decían Mickey Mau, por ratona. «¿Pero cuál es tu nombre verdadero?» «Rafaela.» Saqué un billete de veinte pesos con la intención de dárselo y ella lo miró y puso cara de asco y salió embollando una fundita del súper que tenía en la mano en la que llevaba sus disparatitos rescatados del crack house.

17

Are we not men.

Tía Celia había regresado a la casa después de derribar y volver a levantar un muro en el tercer piso gracias a la ineptitud del estudiante de arquitectura que supervisaba su obra. Como el estudiante era hijo de un abogado amigo, se tragó las vulgaridades que le vinieron a la mente y le dijo: «no te apures, eso le pasa a cualquiera». Cuando este tipo de cosa pasa en la casa no sopla ni un vientecito y Tío Fin pulula los aposentos como la Pantera Rosa.

Tía Celia comienza quejándose del sabor del jugo de china y luego del olor que emana de los inodoros aun cuando tienen un día entero solos. Tío Fin le hace el único plato que se sabe, arroz con huevo frito, acompañado de muchos «mi amor» y «¿quieres un masajito?». Pero no hay vuelta de carnero ni Mary Poppins que retrase la inevitable desembocadura en el descuido en el que Tío Fin tiene la clínica. Lo primero es exponer las razones genéticas por las que Fin es como es, sofisticada concatenación que incluye desde los chistes malos de mi mamá y la locura de mi abuela, a componentes desconocidos, incluso para Fin, de la familia Brea, y que él se pregunta si serán inventos de una mente febril o si, como tratándose de Tía Celia podría sospecharse, ella se ha dado a la ardua tarea de investigar los perfiles psicológicos del árbol genealógico nuestro, yerba mala, de vagos y neurasténicos pseudo-intelectuales venidos a menos con ínfulas de próceres y cero cojones, a cuyo extremo está, como botón para la muestra y ejemplo indiscutible, mi persona. Después de ahí Tía Celia agarra cualquier cosa que tenga cerca para tirársela a Fin a la cabeza, cosas que usualmente se deshacen contra la puerta ya cerrada de la casa por la que Fin ha logrado salir un cuarto de segundo antes.

Cuando Fin llega a la clínica con los nervios de punta el teléfono de la recepción no para de sonar, por lo que Fin sabe que Celia no quiere verlo, pues si quisiera lo hubiese seguido hasta allí como infinitas veces ha hecho. No lo levanta y se mete al baño para echarse agua de la pluma en la nuca y los ojos, ya que las palabras de Celia siempre lo han hecho llorar. Pero lo que antes era orgullo herido y confusión ahora es resignación y al fondo de todas las sales, una extraña y encurtida fe, porque para Fin, más allá de las meditaciones, los mantras y las visualizaciones, lo que salga de la boca de Celia es y será palabra del cielo, esta última conclusión producto de los orgasmos inenarrables que la misma boca que lo tilda de inepto y saltapatrás le sigue provocando en sus noches de mejor suerte. El llanto de Celia el día que perdió a los gemelos abrió el hueco donde habría de sobrevivir este amor tan duro y acústico, sellándose a prueba de ábrete sésamos cuando el obstetra, viendo en Fin a otro científico, le mostró los mellizos muertos que Celia no había logrado llevar a término. Los bebés, porque ya eran bebés, arrugados el uno contra el otro en aquella bandejita sangrienta, eran un funesto aviso del lazo con que la vida los mantendría, a pesar de las ansiedades, los insultos, las carencias, las decepciones y la confusión, unidos para siempre. Celia no los vio nunca, y en los momentos más terribles, cuando su frialdad o su orgullo la hacían cagarse en la Virgen María, Fin recordaba aquellos dos cuerpecitos inertes y sentía que cada vez que sobrevivían a una pelea esos dos niños volvían a la vida.

185

Abrió las ventanas para que entrara aire, luego se dirigió al armario de su consultorio y preparó una jeringuilla. La colocó sobre la camilla de metal y bajó al sótano, por un instante pensó en mí y en cuánto sabía sobre sus idas y venidas y cuánto había temido que yo le revelara a Celia la verdadera cantidad de horas que él pasaba atendiendo perros. Esto no es vida, pensó, voy a decírselo todo a Celia. Aquellas palabras en su cabeza le hicieron respirar mucho mejor durante los minutos que le tomó abrir la celda de Mauricio y llevarlo hasta la camilla. El perro se dejo hacer y Tío Fin le agradeció la calma. Mauricio se quedó allí confiado y agradecido del contacto de la mano que le sostenía contra la camilla para que no fuese a hacer un movimiento brusco cuando la aguja con la que el doctor iba a sacrificarlo entrara en su cuerpo. Pero al botar el primer chorrito de la sustancia letal el teléfono al fondo todavía sonando se le hizo insoportable, se sintió cansado y con ganas de echarse a dormir, en su cama, junto a su esposa a la que imaginaba convenientemente sumida en el más profundo sueño, sonriente y relajada, olvidados todos los juramentos de romperle la cara de yo no fui con la greca de hacer café. Con la mano todavía levantada y sosteniendo la jeringuilla calculó el esfuerzo que tendría que hacer para meter el cadáver de Mauricio en una funda, luego cargarlo para meterlo en el baúl para sacarlo de nuevo tras manejar hasta un vertedero o algún solar solitario. Todo esto para no tener que decirme la verdad y evitarme el espectáculo del camioncito que el ayuntamiento tiene para estos fines, con dos tipos de dientes amarillos que van de veterinaria en veterinaria recogiendo perros, gatos y otros animales muertos.

El cansancio se convirtió en una bola brusca y gigante de la que Fin quería deshacerse a como diera lugar. Lanzó la jeringuilla al zafaconcito junto a la puerta y no logró encestar por lo que se agachó refunfuñando tras bajar a Mauricio de la camilla, para recogerla y echarla dentro como Dios manda. Devolvió al tuerto a su celda en el sótano y subió las escaleras llevando el ritmo de cada timbre del teléfono en la distancia con uno de sus pasos, esto más por aburrimiento que cansancio y para no pensar en lo que del otro lado lo esperaba, bien despierto.

Sacó una toalla del armario para arroparse. Hacía fresco y andaba en pijama. Se sentó en su butaca y puso los pies en el escritorio tratando de encontrar un ángulo de cierta comodidad en el que la silla no se rodara sin lograrlo. Se levantó y apagó la luz. Tomó agua del bebederito y volvió al sillón. De pronto un silencio total inundó el hospital, la calle, el cosmos, la Rómulo Betancourt vacía en sus cinco kilómetros dormía como Fin quería hacerlo. Sólo muy de vez en cuando, diminutos y lejanos sonidos aparecían en la oscuridad del interior de los párpados de Fin en forma de chispitas y pudo por unos cinco minutos alcanzar el sueño. Pero una serie de microtormentas se abrían paso en el valle indiferente de Fin Brea. La microscópica salvajada magnética atraía toda molécula de tranquilidad hacia una intensidad de la que sólo podía adivinarse la dirección, el oeste, caminando la calle hasta la esquina, luego bajar hasta la Sarasota, doblar en la Selene y ahí hacia la Anacaona, la marquesina, las luces de la marquesina, la puerta de su casa con seguro, el bolsillo sin la llave, maldita sea, asomarse a la ventana con las gruesas cortinas cerradas, que Celia compró a favor de mejores siestas que nunca puede dormir y por un pequeño doblez divisar a Celia despierta y hablando por teléfono sonriendo, con el control remoto en la mano, con una cara que no le veía desde la universidad, el aire acondicionado zumbando, hermosa y al parecer contenta, bajo la luz ambarina de la lámpara de la mesa de noche. En la casa de al lado el guachimán escuchaba un episodio de Tres Patines en una emisora AM y la voz de Tres Patines le trajo a Fin el pensamiento concreto de la próxima muerte de su padre envejecido y decrépito, arrastrando la lengua gracias al Diazepam para decir tres palabras diarias, la pijama color vino y en las gavetas una colección de hermosos gemelos y clips para corbatas que usó todos sus años al servicio del sector público. Hay cosas peores que esto, pensó Fin. Se acomodó entre los arbustos de crotos y helechos que crecían al pie de las ventanas de su habitación sin atreverse a tocar la puerta y allí finalmente, curioso y tranquilo, se quedó dormido.

18

Say the words.

Uriel, que al parecer lo hace todo bien, trajo una guitarra a la fiesta que Vita había armado para su prima Claudia y estuvo tocándonos canciones de George Harrison durante media hora. Después un chamaquito que se llama Bebo se la quitó y empezó a tocar canciones de Silvio que animaron a la audiencia. Por poco y Vita se enamora, porque a Vita le encanta Silvio Rodríguez y los Beatles no tanto. Yo me había puesto unos pantalones de corduroy mostaza que eran de Mandy y que había sacado de la casa sin su permiso cuando fui a recogerle pijamas para la clínica. A Rada yo le había regalado una camisa de los 60 que me quedaba grande y él se la puso muy contento con unas chancletas que Tío Fin había dejado en el hospital. Rada la verdad que tiene estilo y él no se esfuerza mucho. Si uno se fija en cómo camina y mueve la cabeza para hablar se da cuenta de que no está haciéndolo para gustarte sino que él es así y le queda bien. La prima de Vita también tiene eso que tiene Rada y es también muy hermosa.

Claudia quiere que la siga a todas partes, que me siente con ella en las escaleras, que me sirva un refresco con ella en la cocina, que deje la gata encima de un sofá y baile con ella. Bailamos. El disco entero de Morrison Hotel. Luego Claudia saca un CD de Jovanotti que acaba de salir en Italia. «Es rap italiano», me dice y nos sentamos a escucharlo, me encanta. Claudia me encanta. Rada se acerca y me guiña un ojo y de repente siento que todos en la fiesta se dan cuenta de que estoy completamente loca. Entonces comienzo a actuar de otra manera, a ser más cínica, más escéptica, como son las personas inteligentes e interesantes. Claudia se percata del cambio y también cambia. Luego se aburre del juego y se va a bailar con Rada, que tira los pasitos al ritmo de «Hard to Handle» de los Black Crows. Yo odio a Rada por unos instantes hasta que él ve las centellas que salen de mis orejas y deja a Claudia tirada, me hala por un brazo y me saca al patio. Allí me pasa la mano por la cabeza y me dice: «tiene que ser ma dulce con la fem, si quiere la fem». Yo me hago la que no entiendo y hago una pequeña parábola con mi mano que coloco junto a mi oreja como si no escuchara. Pero sí que lo escucho y lo primero que hago es arrancar una orquídea que tiene la mamá de Vita sembrada en el patio y llevársela a Claudia para encontrármela sentada en las piernas de Guido riéndose con una risa que hace que mi flor se coma los mocos. Por lo que falta de la fiesta me esfuerzo en bailar lo mejor que puedo, hasta que me doy cuenta de que soy la única que bailo y que todo el mundo está en la sala mirando un video en la televisión. Es un video del papá de Vita. En el video una orquesta con morenos vestidos con ropas brillantes como dioses egipcios, batolas con escarcha, turbantes y plumas tocan una música rarísima, y bailan y el saxofón suena como un elefante que baja por un inodoro a cien millas por hora. Yo nunca había escuchado algo así. Vita lo puso porque le gusta mucho y aunque algunos se fueron a seguir bailando una canción de Paula Abdul yo me quedé viendo aquello. «Él es Sun Ra y dice que es de otro planeta.» Ra como el dios del sol, pensé. Una mujer con un antifaz de gato junto a Sun Ra decía algo sobre abrirse a la cuarta dimensión y que era inevitable, algo en el antifaz o la cuarta dimensión me recordó que había traído la gata para ver si le encontraba dueño y que ahora no tenía idea de dónde estaba. Una hora más tarde toda la fiesta buscaba a la gata. Decidí hacer una ronda por el barrio y salí sola. Me agaché bajo todos los carros y penetré todos los jardines, despertando perros y vecinos. El barrio con sus almendros gigantes parecía encantado. Un perro empezaba a ladrar, otros tres lo seguían y así sucesivamente hasta que un gran perro emitía un gran ladrido. Al doblar una esquina vi una figura de pie frente a un callejón con unos jeans azul cielo y el pelo oscuro tapándole la mitad de la cara. «A los gatos le gustan los callejones», me dijo Claudia, y hablaba sonriendo todo el tiempo. Entramos las dos al callejón, pero allí sólo había yerba sin cortar y una cadena de bicicleta oxidada. Ella se me quedó mirando y yo hice un esfuerzo sobrehumano para sostenerle la mirada. Se acercó y me besó en la boca con la boca abierta y yo la besé a su vez escuchando como la ola de ladridos se tragaba la noche, la gata y todos sus posibles nombres.

19

Can you imagine language,
once clear-cut and exact, softening and guttering, losing
shape and import, becoming mere limps of sound again?

Eran casi las seis de la tarde. A esa hora si Tío Fin
está en la clínica se cierra la puerta para que la gente, a menos que lleguen con un perro desangrán-
dose, sepa que estamos cerrados. Radamés se da
un baño tan pronto cierra la puerta, baja las escaleras y abre la llave. Tarda unos quince minutos en
enjabonarse y sacarse el sucio del día. Luego sube
limpiecito y empieza a manipular el radito hasta que
Tío Fin le dice que puede irse. A veces tenemos
planes con Vita y su prima, Guido y Uriel y nos
vamos juntos a algún lado. A veces Rada tiene planes con sus amigos de la casa donde vive y aunque
me invita yo nunca voy. Vita y Guido fueron una
vez y la pasaron muy bien, y me dijeron los nombres de todo el mundo pero ahora no los recuerdo. A veces, si hay un perro interno grave, Tío Fin

le pide a Rada que se quede durante la noche y para eso ha traído una colchonetita que le puso a Rada en el segundo piso para que allí duerma y pueda llamarlo si uno de los animales está muy mal. Ayer entró un rottweiler con una hemorragia, tiene un suero puesto y está mejorando. A Rada le toca quedarse así que me quedo hasta las siete para hacerle compañía. Le pongo un disco de REM que le gusta mucho y cantamos una a todo pulmón.

Yo me antojo de una Coca-Cola y él va a buscármela. Le paso unos pesos y él me dice que me invita, abre la puerta, camina la cuadra y media hasta el colmado. Al salir con la Coca-Cola, una Malta Morena y unos palitos de queso, un gorila con uniforme camuflado lo detiene, le pide sus documentos y entonces Rada comienza a temblar, alza la vista y ve un camión lleno de haitianos en la parte trasera, con ojos de vacas pal matadero. Rada no tiene documentos y dice: «yo tlabajo en el hopital, allí». El gorila se ríe y le dice «lo'documento» agarrándolo por el t-shirt de tie-dye y empujándolo hacia el camión. En el colmado, donde han visto a Rada mil veces, donde conocen el nombre de Rada, no dicen nada. Rada dice: «pregunta allí, yo tlabajo ahí», pero un golpe en el estómago le hace soltar la botella de Coca-Cola, que explota regando espuma de soda por el asfalto.

Media hora más tarde yo salgo a buscar a Rada, el colmadero me dice: «¿el mono? Se lo llevaron pa Haití, ja ja ja». Yo pregunto y pregunto y sólo recibo chistes como respuestas. «Lo devolvieron al zoológico.» El muchacho que hace las entregas del colmado me enseña la Coca-Cola derramada: «le dieron un macanazo, pa que se montara en el camión, había como treinta».

El macanazo me revienta una costilla y me doblo frente al colmado llorando. Ya el colmadero no se ríe, ahora siente curiosidad. Corro al hospital y llamo a Tío Fin, le explico por teléfono que se han llevado a Rada, que se lo llevaron por comprarme una Coca-Cola. Tío Fin no entiende bien pero me dice que está del otro lado del puente y que va a tomarle un rato llegar pero viene para acá. Yo corro al patio y encuentro el hueco donde Rada ha metido mi libreta y con una varilla trato de sacarla, luego con las manos haciéndome daño, sacándome sangre que me lamo. Logro sacar pedazos, mojados por la lluvia que se acumula en el hueco, tinta diluida, y mi propia sangre. Cuando creo que he

sacado la libreta completa o las partes que la for-
man, me siento y espero a que llegue alguien, quien
sea, a ayudarme a poner esto en orden.

20

The taste of blood.

Al llegar Tía Celia encontró la puerta abierta de par en par y sintió ganas de caerme a bofetadas; lo segundo que iba a hacer era botar al haitiano de mierda ese. Pero ninguno de los dos estábamos y ella se preguntaba qué coño hacia la clínica abierta a las siete de la noche. Se sentó en el escritorio para hacer unas llamadas y encontró el sobre con su nombre. Al abrirlo notó que un perfume masculino se había impregnado al papel, como si el sobre hubiese estado por mucho tiempo guardado junto al cuello de un hombre acicalado. Esto le gustó porque a Tía Celia le encanta todo lo limpio y sacó el contenido rápidamente, estirando para leer, a pesar de la presbicia, el papelito alargado.

Era un cheque, un cheque en blanco firmado por Minos Comarazamy. Su padre le dejaba un regalito.

Comemierda, pensó y por primera vez los insultos que aparecían iluminados en su cabeza no se dirigían a ella. Vio COMEMIERDA escrito en oro e HIJO DE LA GRAN PUTA en plata y diamantes.

Colocó el cheque en su sobre y bajo al sótano buscando a Radamés para darle golpes. Una sensación de paz la fue llenando, y al llegar al callejón y encontrarme con la barbilla y las manos con sangre leyendo nombres de los papelitos esparcidos por el suelo a mi alrededor temió lo peor.

«¿Qué te hicieron?», me dijo.
    «Mira, ayúdame a juntar los pedacitos, necesito tape.»
    «¿Qué paso aquí?», preguntaba, tratando de levantarme y de entender lo que yo decía. Levantando los papelitos manchados y leyendo conmigo algunos.

Amun
Anubis
Anukis
Buto
Ramsés
Naaki

Noni
Tiamón
Pah
Onatha
Seth
Nairobi
Hiruko
Hisame
Ninigi
Momi Wota
Bali
Indra
Dan Petro
Marte
Astroboy
Kmart
Odín
Flash
Queen
Kiss
Anacaona
Maelo
Popeye
Abraham
Tribilín
Purusha

Rama
Erzulie
Brigitte
Platón
Macuto
Fufú

Y así sucesivamente hasta que Tío Fin llegó y entre los dos me sacaron del callejón y me llevaron a la casa no sin antes meter todos los pedacitos en un ziploc para que yo me tranquilizara. Me compraron helado y me obligaron a comerlo en cama con la televisión apagada.

Tío Fin me dio unas pastillitas que me hicieron dormir sin soñar por un día entero. Cuando me levanté creía que había soñado todo pero poco después entendí más o menos lo que me había sucedido. Tía Celia estaba muy extrañada de que yo me había puesto así por un haitiano y decía por teléfono: «será que le habrá cogido cariño porque el haitianito era bueno».

Vita vino a visitarme y estaba también muy triste. Uriel no podía venir a visitarme y lo quería ver, así que en cuanto tuve un momento a solas con Tía

Celia le bombié lo de Uriel punto por punto. Ella reaccionó bastante bien y dijo que lo único que le dolía era que todo el mundo lo sabía y ella no y que ella había quedado como una imbécil, lo cual era verdad.

En cuestión de minutos Tía Celia había organizado una cena de bienvenida a Uriel a la familia, incluyendo hasta a los primos de su parte que vivían en San Juan de la Maguana y que no tenían nada que ver con nadie. Yo creo que lo que Tía Celia quería era que todos vieran que ella era muy buena y que delante de todos aceptaba al muchacho, a veces la gente hace cosas buenas por las razones equivocadas. Durante una semana estuvo comprando comida y ordenando más comida por teléfono, mesas y sillas, cubiertos y servilletas de tela. Yo me preguntaba si no estaría planificando mi boda con alguien secretamente, con algún sobrino suyo de San Juan. Pero no tenía tiempo que perder pensando esas cosas pues entre mi plan de ir a Haití a rescatar a Rada y las letritas manchadas que veía en las paredes me bastaba. La letritas eran pedazos de los nombres que yo había escrito en mi libreta, los pedazos que había sacado del hoyo el día que Rada se fue y que se habían incrustado en mis retinas con velcro.

Las paredes estaban casi todo el tiempo cubiertas de estas letritas, como cuando uno mira una lámpara por mucho tiempo o una imagen blanca sobre negro y luego puede verla en las paredes. En la escuela, durante la feria científica, un grupo presentó efectos ópticos y el porqué se producía el fenómeno. Uno de los experimentos se basaba en la foto de una muchacha violada y asesinada en el parque Mirador. Se llamaba Jessica y por mucho tiempo estuvo en las pesadillas de todo el mundo en el aula. La foto había sido saturada, su cara y su pelo eran ahora una mancha blanca sobre un fondo negro y sobre la imagen decía MIRA ESTA FOTO FIJAMENTE DURANTE SESENTA SEGUNDOS Y LUEGO VERÁS EL FANTASMA DE JESSICA EN LA PARED. Y era verdad.

La prima de Vita también vino a verme cuando ya no veía cositas. Claudia se pasó un día entero en casa conmigo, jugamos cartas y monopolio y cuando mis tíos me dejaron sola con ella nos besamos escuchando «I Wanna be Sedated». Juramos vernos el verano siguiente e ir a Haití, eso si Rada no aparecía antes como Tía Celia había prometido. Tía Celia estaba muy enojada porque se habían llevado a uno de sus haitianos, pero no porque el pobre Rada había aguantao de to. Pero fuese por lo que fuese estaba moviendo sus contactos para recuperarlo y ya en la frontera un capitán amigo de Tía Celia tenía sus datos y estaba al acecho. Esto era lo que me decían todas las noches y yo me lo fui creyendo hasta que me volvieron a dar ganas de ir a la clínica y Tía Celia me dijo que ya estaba bueno de trabajar y que como había sido tan buena en el hospital quizás me daría un premio. Yo rezaba porque el premio no fuese un curso de etiqueta y protocolo con el que me venía amenazando. Ella estaba súper entusiasmada con la bienvenida para Uriel, sin pasarle por la mente, si a él iba a gustarle entrar en aquella casa abarrotada de gente desconocida y se pasaba el día tachando cosas de una lista en la que figuraban objetos necesarios y personas. Yo le ofrecí hacer una coreografía de bienvenida con la abuela pero ella no entendió el chiste y se sintió mal porque Tía Celia tiene un humor bien raro.

Papi y mami llegaron el mismo día de la fiesta a eso del mediodía y hubo que explicarles muchas cosas en su trayecto a casa desde el aeropuerto. Yo fui a buscarlos con Tía Celia y les conté lo mejor que pude todo o casi todo porque tampoco había que entrar en detalles. Esa tarde como a las seis hubo que arreglarse y ponerse bonito «como si fuera año nuevo», dijo mi mamá, lo que en su idioma significa que ella esperaba que me pusiera un vestido con pantyhose. Al final me puse los mismos pantalones de corduroy de la fiesta de Vita y como mi mamá se sentía culpable por haberme dejado el verano entero, porque a Mandy le habían partido la cara, porque Armenia se me había muerto y porque ahora yo veía letritas en las paredes, no me dijo nada.

La mesa en casa de Tía Celia había sido ampliada y medía ahora unos diez metros, para esto los sofás, las lámparas, las mesitas, el librero y todos los adornos de la sala habían sido amontonados en la habitación que yo ocupé mientras estuve allí. Uriel llegó muy temprano sin su mamá y estuvo en la terraza hablando conmigo de sus planes de viaje. Cuando vio mi llavero me dijo: «ah, Ganesh, es el dios elefante, y te abre los caminos». «Me lo dio Rada y por eso se lo llevaron.» Él trató de explicarme que Rada estaba bien y que algún día lo veríamos otra vez. Ante tal respuesta yo me preguntaba si estaba hablando con Fin o con él.

Los familiares, gente que yo no había visto en mi vida, comenzaban a llegar, trayendo incluso regalos. Uriel sonreía y abrazaba a todo el mundo, aunque en sus ojos algo incómodo revoloteaba. El plato principal era una pierna de cerdo, pero Uriel era vegetariano, lo que le aguó la fiesta a Tía Celia por unos minutos hasta que vio la montaña de vegetales que el muchacho se sirvió y su malestar se diluyó en el chiste que alguien hizo sobre la montaña.

Al terminar, Tía Celia puso música y estaba un poco borracha, así que obligó a todo el mundo a pararse a bailar, primero un disco completo de los Hermanos Rosario y luego uno de merengues navideños en pleno agosto. Mis padres no bailaron nada. Estuvieron sentados en sendas mecedoras con cara de cansancio por el jetlag pidiéndome bebidas todo el tiempo. La gente venía a preguntarles sobre el viaje, sobre lo linda que me habían encontrado y ellos daban respuestas de una sílaba, bostezando sin taparse la boca, meciéndose con un pie.

Hacia las diez de la noche Tío Fin golpeó una copa con un tenedor y anunció que él y Celia se iban también a la India. A mí esto no me sorprendió tanto como a Uriel. Tío Fin le había contado todo a Tía Celia sobre su nuevo estilo de vida y esto, después de lo de Uriel, era un fly al catcher. Ella encontró un tour místico que incluía charlas, retiros y una peregrinación al lugar donde el Buda alcanzó la iluminación. Tío Fin estaba que no cabía en su cuerpo. Comenzaron a planificar su encuentro con Uriel allí, con quien pasarían algunos días en Kerala, adonde Uriel se iba a estudiar. El resto de nosotros, los invitados a la fiesta sin ticket a la India, nos fuimos despidiendo poco a poco, inventando excusas, o con excusas reales como sueño y agotamiento.